T H E

S P O I L S

〔美〕杰西·艾森伯格
Jesse Eisenberg 著
王凯帆 译

恃宠而骄

人民文学出版社

著作权合同登记号 图字 01-2020-2510

THE SPOILS
Copyright © 2015 by Jesse Eisenberg
Production Photos © Monique Carboni
Published in agreement with Creative Artists Agency
Acting in conjunction with International Literary Agency Ltd,
Through the The Grayhawk Agency.
Simplified Chinese translation copyright © People's Literature Publishing House, 2021
All rights reserved.

图书在版编目（CIP）数据

恃宠而骄／（美）杰西·艾森伯格著；王凯帆译．—北京：人民文学出版社，2021
ISBN 978-7-02-016712-8

Ⅰ．①恃… Ⅱ．①杰…②王… Ⅲ．①话剧—剧本—美国—现代 Ⅳ．① I712.35

中国版本图书馆 CIP 数据核字（2020）第 216378 号

责任编辑	张海香
装帧设计	陶　雷
责任印制	苏文强

出版发行	人民文学出版社
社　　址	北京市朝内大街166号
邮政编码	100705
印　　刷	北京盛通印刷股份有限公司
经　　销	全国新华书店等
字　　数	67千字
开　　本	787毫米×1092毫米　1/32
印　　张	5.5　插页 8
印　　数	1—8000
版　　次	2021年6月北京第1版
印　　次	2021年6月第1次印刷
书　　号	978-7-02-016712-8
定　　价	59.00元

如有印装质量问题，请与本社图书销售中心调换。电话：010-65233595

卡扬（昆瑙·内亚 饰）借助幻灯片向瑞诗玛（安娜布尔纳·斯里拉姆 饰）讲述美式橄榄球。

…西·艾森伯格 饰）对卡扬讲述自己的梦。

泰德（迈克尔·泽根 饰）首次造访本和卡扬的公寓。

莎拉（艾琳·达克 饰）、泰德、瑞诗玛、卡扬和本共享尼泊尔食物。

莎拉问本在拍摄何种影片。

本对莎拉讲述自己的

本对大家说出一段别致的尼泊尔祝酒词。

本毁了卡扬的书。

享自己的纪录片观感。

卡扬把钱还给本。

莎拉对本讲述本曾经的善举。

剧作信息

《恃宠而骄》最初由新剧团公司（艺术总监：斯科特·埃利奥特；执行董事：亚当·伯恩斯坦）和丽莎·马特林联合出品，于2015年6月2日在纽约市普辛广场西格尼彻戏剧中心首演。本版剧作由斯科特·埃利奥特导演；舞台设计：德里克·麦克莱恩；服装设计：苏珊·希尔弗蒂；灯光设计：彼得·考措洛夫斯基；音效设计：罗布·米尔本与迈克尔·博丁；投影设计：奥莉薇亚·塞贝斯基；打斗动作指导：戴夫大叔的武术之家；制作监督：PRF制作公司；舞台经理：瓦莱丽·A.彼得森；选角导演：朱迪·亨德森（美国选角导演协会）；公共关系：布丽姬·克拉宾斯基；广告：AKA；副艺术总监：伊恩·摩根；发展总监：杰米·莱勒；统筹：DR戏剧管理公司。

选角	卡扬	昆瑙·内亚
	瑞诗玛	安娜布尔纳·斯里拉姆
	本	杰西·艾森伯格
	泰德	迈克尔·泽根
	莎拉	艾琳·达克

人物　　　　卡扬　　　来自尼泊尔，现于纽约攻读工商管理硕士，本的室友。

瑞诗玛　印度后裔，却是文化上的美国人，现就读于医学院，卡扬的女友。

本　　　愤青，电影学院学生，卡扬的房东兼室友。

泰德　　本的高中同班同学，现就职于纽约华尔街。

莎拉　　本在高中时的暗恋对象，现在是泰德的女友。

什么都该知道一点。不要只是把了不起的自己展示给世界,要不断积累知识并授之于人。

——理查德·霍尔布鲁克(第二十二任美国驻联合国代表)

第一幕

第一场

一则演示文稿投射在白色的墙面上,上面写道:

> 是消遣还是野蛮?

灯光亮起,尼泊尔青年卡扬和他的印度女友瑞诗玛身处一间装潢现代的纽约公寓内。卡扬讲话带着异国口音,瑞诗玛则没有。

卡扬 "是消遣还是野蛮?"
瑞诗玛 是要我选吗?
卡扬 不是,这就是个用来激发讨论的开场白。
瑞诗玛 哦,抱歉。
卡扬 没关系。"是消遣还是野蛮?"

卡扬敲了一下笔记本电脑的键盘,幻灯片切换到:

美式橄榄球:

"残酷芭蕾舞"入门

讲者:卡扬·马泰玛

卡扬 "美式橄榄球:'残酷芭蕾舞'入门,讲者:卡扬·马泰玛。"在开讲之前,我必须坦白,这件事一直让我进退两难。我很纠结,而且我的纠结确非空穴来风。要不要讲这个话题关乎重要的伦理道德议题,一些很多伟人曾试图攻克[①]的议题。这里我故意讲了个双关语。发现我是怎么用"攻克"这个词的吗?这个幻灯片里散落着好几处双关,你会察觉的。

瑞诗玛 天哪,那我洗耳恭听!

卡扬 继续讲。这件事引出了一个重大问题:当我觉得

---

① 原文为"tackle",在球类运动术语中意为"抢断"。

特定的知识也许会伤害某人，我是否应该瞒着他呢？披露一些信息也许会伤害他，于是我选择对他隐瞒这个信息，这样做是不是道德的呢？

瑞诗玛　你的意思是，你要告诉我一些很可能妙趣横生的橄榄球知识，但这些知识会伤害我？

卡扬　呃，我觉得是也许会伤害**我们**。

瑞诗玛　我了解了橄榄球怎么就会伤害到我们呢？

卡扬　每周一晚上，你都会和我坐在这个客厅里，观看娱乐与体育电视网①播出的职业橄榄球联赛，这是我每周的高光时刻之一。其实吧，它是我每周唯一的高光时刻。这样说是不是显得我太黏人了？

瑞诗玛　你是有点黏人。但我知道这是你的高光时刻，而且我欣赏你的坦诚。

卡扬　谢谢。我的一周往往在阅读经济学课本和世界银行报告以及同室友吵架中度过。而这个活动之所以能成为我每周的高光时刻，一个原因就是你对

① 娱乐与体育电视网（ESPN），全称为"Entertainment and Sports Programming Network"。

球赛一无所知。真心实意地讲，尽管你不清楚场上的人都在干什么，却还是坚持每周出现在这里，允许我搂着你，一同观看这个我乐在其中、你却只是容忍的东西，我觉得真是太可爱了。

瑞诗玛　你是说我的无知是可爱的？

卡扬　极其可爱，不过你的可爱之处不限于此。

瑞诗玛　肉麻的情话我听过无数，这些话一般都是在赞扬我身上的闪光点。可是啊，卡扬，以前从没有人像你这样一边对我说着甜言蜜语，一边污蔑我。你还喜欢我什么？

卡扬　我非常喜欢听你问我为什么蓝队不把球踢进那个黄色的东西里①，这样我就可以告诉你，因为他们离得太远了，没办法射门。

瑞诗玛　还有什么？

卡扬　我还喜欢听你问我为什么三十秒的比赛打了二十分钟②。我觉得你问我这个问题时特别迷人，尤

---

① 美国职业橄榄球联赛场地的球门架均为硫黄色。
② 美式橄榄球规则中暂停计时的情况较多。

其是有时你问完后还会疲惫地叹口气，因为转天早晨你要早早起床，去医院拯救陌生人的性命。

瑞诗玛　还有吗？有什么不是关于橄榄球的吗？

卡扬　要是让我把我喜欢的你身上那些与橄榄球无关的地方都告诉你，那你今天肯定没时间赶回去救死扶伤了。瑞诗玛，我喜欢你的全部，喜欢你在别人面前隐藏起来的种种小事。比如你胳膊肘旁边那个小肿块，夏天里你会下意识穿长袖的衣服把它遮住；还有那颗长得有点靠里的牙，因为它，伶牙俐齿的你讲话时出人意料地多了几分含蓄。这些都是我最喜欢的地方。我愿意为你买长袖衣服和牙套，不过那样的话，我会非常想念你的胳膊肘和牙。

瑞诗玛　你知道吗？你真是世上最暖的人了。

卡扬　以前可没人这么说过。

瑞诗玛　你就是。你是个特别善良、特别贴心的好人。我配不上你。

卡扬　别这么说。

瑞诗玛　我是说真的，我配不上你。

卡扬	你当然配得上我。要说你配不上我，那唯一的原因就是你太优秀了。所以根据某种逆向的逻辑，你才是配不上我的。
瑞诗玛	你讲话这么暖心正是我配不上你的又一个原因。
卡扬	什么意思？
瑞诗玛	没什么，没什么意思。继续讲你的幻灯片吧。
卡扬	好的。"美式橄榄球：'残酷芭蕾舞'入门，讲者：卡扬·马泰玛。"

卡扬按下键盘，幻灯片切换到下一页：

一段简史：勇而不冗[1]

卡扬	"一段简史：勇而不冗！"
瑞诗玛	这也是个双关语吗？
卡扬	我觉得这个更接近文字游戏。
瑞诗玛	因为现在我总是在寻找双关语。

[1] 原文为"Bravery and Brevity"，与前文的"残酷芭蕾舞"（Ballet of Brutality）都使用的是英语中押头韵的修辞方法。

卡扬　　　你会找到的。

卡扬按下键盘，一个俗套的转场动画过后，幻灯片切换到下一页：

　　　规章与规则

卡扬　　　"规章与规则。"

下一页幻灯片：

　　　抽筋剥皮，赶猪上架[①]

卡扬　　　"抽筋剥皮，赶猪上架。"
瑞诗玛　　我觉得这是个双关，但不知道指的是什么。
卡扬　　　没关系，这样的梗后面还多着呢！

[①] 原文为"Skin that Pig and Toss it on the Gridiron"。美式橄榄球在历史上曾由猪小肚制成，因此橄榄球的外皮现在依然被称作"pigskin"；橄榄球球场的别称为"gridiron"，也是"烤架"的意思。

门唰地开了，本提着食品杂物和相机包走了进来。

本　　　　混球们，南无斯特①！

卡扬　　本，你怎么在这里？

本　　　　我怎么在我他妈的自己家里？嘿，瑞诗玛！你今晚特别有印度风情。

瑞诗玛　谢谢，本，而你还是那么虚情假意。

本　　　　他是不是在给你讲幻灯片？你是不是在给她讲幻灯片？

卡扬　　本，你说过要在酒吧待一阵，你说过没关系的。

本　　　　这家伙**爱死**幻灯片了！任何做幻灯片的机会都不放过。只要有人问他个问题，不管多他妈简单的问题，他立刻就来劲了。嘿，卡扬，今天过得如何？稍等一下，让我用幻灯片来解答。嘿，先生，您知道现在几点吗？我知道，让我用几页幻灯片向你展示一下。我他妈鼻子里是不是有东西露出

---

① 印度问候语，"向您鞠躬致敬"之意。

来了？让我来用七张带剪贴画和转场效果的垃圾幻灯片为您图解！

瑞诗玛 好啦，知道啦！他喜欢幻灯片。我倒觉得挺可爱的。

本 好吧，但他要教你橄榄球知识？这有什么可爱的？你可不想看那种又残忍又野蛮的玩意儿，是不是，瑞诗玛？你是个有品位的女人。

瑞诗玛 这话从你嘴里说出来，本，反倒让我觉得自己不那么有品位了。

本 这是个颠三倒四的世界！你不会真心喜欢橄榄球的。班迪喜欢，是因为橄榄球让他觉得自己更像个美国人，而非尼泊尔人，是不是这么回事，班迪？

卡扬 瑞诗玛，真对不起。本确实跟我说过他今晚会一直待在外面的。

本 你想让我再出去吗？

瑞诗玛 不了，你待着吧！我正要走。

卡扬 你没有要走。她没有要走。

本 你真打算走吗？我可不想搅了你们的大好约会！

瑞诗玛　　那你要是有处可去……

本　　　　还真没有。

瑞诗玛　　不如我们今天先告一段落吧，卡扬，我明天给你打电话。

本　　　　这似乎是个更好的方案，你总是那么聪明！祝你今夜愉快，瑞瑞。很高兴见到你，一如既往。

瑞诗玛收拾好手包。本为她打开门，却立在门前不动。

本　　　　在你走之前……

瑞诗玛　　干吗？

卡扬　　　本……

本　　　　跟我说，你是世上最幸运的女孩。

瑞诗玛　　什么？

本　　　　你对象他妈的就是个白马王子！这家伙是我的室友，也永远是我在这世上最好的朋友，如果有人做了什么伤害他的事，或是碰了他不想让人碰的地方，或是让他心碎，哪怕只是产生粉碎那颗好他妈可爱的小心脏的想法，我都会亲自把你找出来，尽情享受干掉你的过程！所以，跟我说你是世上最幸运的女孩。

瑞诗玛　　本，去你的吧。

本　　　　快去亲亲他，让他知道你珍惜他。

卡扬　　　本，我不需要助攻。

本　　　　你显然需要。瑞诗玛，亲亲他的小脸。我会背过身去。

瑞诗玛　　我要亲他是因为我想亲他。

本　　　　我不管你是因为什么，赶紧亲他。

瑞诗玛　　转过去。

卡扬　　　这太荒谬了。

本转过身去。

瑞诗玛　　晚安，班迪。你是个大好人，应该找个自己的房子住。

卡扬　　　晚安，瑞诗玛。关于你的胳膊肘和牙，我说的每一句话都是真心实意的。我爱它们。我做梦都会梦到你的缺点。

本	快搞定,兄弟!
瑞诗玛	明天打给我?
卡扬	一早就打。祝你今夜愉快。
瑞诗玛	也祝你愉快。
本	我现在可以转过来了吗?
瑞诗玛	不行。
本	不亲亲我吗?

瑞诗玛离场。

本	她这样可有点无礼。
卡扬	无礼的是你,本。你真给我丢人。
本	红脸白脸嘛。我当个混蛋,跟我一比,你就显得好极了。你本来就好极了,我不过是真实地展示了我们相处的常态。反正你得了便宜,不用谢我。你生我气了吗?
卡扬	你确实说过你不会回家——
本	别纠结这个了,不生气嘛。约会如何?
卡扬	本来挺好的,后来有点怪。

本	是因为我回家了吗? 你把这也怪在我头上?
卡扬	没有,就在你回来之前,气氛变得有点奇怪。
本	可能是因为你想用幻灯片教她怎么看橄榄球。
卡扬	不是,这部分没什么问题。就是,她说她觉得自己配不上我。
本	所以呢?
卡扬	她说这句话的口吻让我觉得她心里有事。
本	你觉得这是不是因为你是个基佬?
卡扬	我不觉得,我是说……我是说我不是。我是说不该用这个词。
本	"我是说、我是说、我是说。"你猜我买了什么?从那家他妈的乏味得要命的酒吧回家的路上,我经过了"咖喱山",就顺便买了点儿尼泊尔菜回来。
卡扬	真的呀?
本	真的,我估计你也该饿了,毕竟一口瑞诗玛也没吃到。我们可以一起做口饭吃。
卡扬	本,你可真好。但你讲话真是不管不顾,莫名其妙。

本　　　来吧,我知道你们野蛮人还是喜欢用手吃饭,但我们现在可得用刀叉和餐巾。

卡扬　　我爷爷要是看到我拿叉子吃饭,一定不会为我感到骄傲。不过你的好意我收下了。

本　　　这可是一顿配得上末代国王贾南德拉①的盛宴!

卡扬　　啊,看来某人阅读了一点尼泊尔历史呢。

本　　　被你戳穿了,我的朋友。我可喜欢说这个人的名字了。末代国王**贾南德拉**!

卡扬　　是,他的名字是不错。你今天拍什么东西了吗?

本　　　没什么好拍的。

卡扬　　我看到了一个情景,觉得你可能会喜欢。我知道你总是努力为自己的电影捕捉一些真实而戏剧性的瞬间。

本　　　不是"戏剧性",是"扣人心弦"。这是有区别的。

卡扬　　好吧,我看到了一个扣人心弦的情景,觉得你可能会喜欢。有个男的在吃从垃圾袋里翻出来的食

---

① 尼泊尔沙阿王朝的末代国王。此后,尼泊尔废除君主制,正式成立联邦民主共和国。

物，显然这个垃圾袋是他自己撕开的。这时一只狗跑过来，也开始吃起了那个垃圾袋里的食物。这个男的并不介意。一人一狗，吃着一样的东西。这个场面非常诡异，还有点恶心，但同时又散发出某种祥和的气息，让我觉得我们都可以通过这种可怖的方式共生共处。

本 伙计，赶紧的，长话短说。还有吗？

卡扬 还有还有，我正要讲呢。一个富婆走过来，一把把狗拽走，然后为了吃垃圾的事对着那只狗大喊大叫。她说的好像是："巴克斯特，不可以！咱们可不吃垃圾。"她用的"咱们"这个词，就好像这只叫巴克斯特的狗和她吃的是一样的食物。但垃圾袋里的食物对流浪汉来说已经很不错了。我悲哀地发现人类可以把动物置于另一个人、另一个同类之上，只因那人碰巧是个陌生人。我觉得这点对你的电影来说可能有点意思。

本 恕我直言，老兄，也没那么有意思。我成天看到这样的场景，而且拍一个可怜的流浪汉吃垃圾有点老掉牙了。

卡扬　　我知道这可能不是世界上最新颖的东西。

本　　　实话说，这可能是世界上**最不**新颖的东西了。这就是他妈的纽约大学那帮混蛋的问题，他们给无家可归的人拍张照片，然后就管那个叫"艺术"。去他妈的！那不是艺术！你要是也无家可归，那没准儿是艺术，可真这样的话你他妈也上不了纽大了，是不是？

卡扬　　确实，你说得对。

本　　　抱歉，我也不想贬低纽大。我知道你在那里还是很开心的。

卡扬　　他们也没让我滚蛋嘛。

本　　　是啊，不过你上的是商学院，那是另外一摊截然不同的臭狗屎了。嘿，他们也没让我滚蛋啊！我们那是相互看不顺眼。

卡扬　　我知道。

本　　　而且研究生院可见他们的鬼去吧，他们根本不知道怎么对付我。他们不知道怎么看我，不知道应该把我装到他妈的哪个小盒子里。可你猜怎么着？

卡扬	不知道，怎么着？
本	等我的电影出来了，我他妈就能拿个荣誉**博士**。还别以为我不会接受！我他妈就要接受，没错，我要做个文采斐然的演讲，表达谢意，再跟那群蠢货握手。因为要说我在逆境中学到了什么，那就是日子过好，大仇得报。
卡扬	真是充满智慧的发言。
本	谢了。想飞个叶子吗？
卡扬	不想。
本	没事，反正我也要抽。

本瘫倒在沙发上抽起了烟，而卡扬开始收拾约会时摆出来的东西。

本	班迪，我今天可过得不怎么痛快。我是说跟我自己的其他日子相比不怎么痛快，不是跟，比方说，国际时事相比。
卡扬	出了什么事吗？
本	在第三大道过马路时，我碰到了一个小学同学，

	泰德。他说他要结婚了。他可真是个混球，对吧？
卡扬	我不知道，他混吗？我只知道他叫泰德，还有他要结婚了。
本	他跟我说："你敢相信吗？我真的要结婚了。你敢相信我终于要安定下来了吗？"于是我答道："我敢，你就是个无聊的新泽西犹太混球，从没交过女朋友。我当然敢相信你要安定下来了，你他妈的还能干什么，给别人剪草坪吗？"
卡扬	我希望你不是真这么说的。
本	没有，我说的是"恭喜你啊"。但我就是这么想的，我的想法全都清清楚楚地写在脸上呢。泰德在华尔街找了份工作，我不清楚，他好像是个大能人吧。
卡扬	真的？你知道是哪家公司吗？
本	知道，我把他的全部人生经历都问了一遍。我们就是过马路碰到了，卡扬，我才没问到那些屁事呢。歇会儿吧你。
卡扬	那你至少问了他们公司招不招人吧？
本	你又不想在华尔街工作。

卡扬	不对,本,那就是我想工作的地方。你以为我来这里干什么?
本	你是来这里学习的,而且你也不需要找工作。我跟你说过,我不想收你房租,你的钱在我这儿没用。
卡扬	我不想赖着你,我**想**给你交房租。
本	好吧!我会问他还他妈招不招人的!别跟我废话了。他给我留了电话。
卡扬	谢谢,有什么问题的话告诉我就是了。
本	他竟然还想一起玩儿。他说:"咱们应该一块儿喝几杯。"这说的什么布尔乔亚鬼话?"一块儿喝几杯。"刚果他妈的民主共和国的人可从来不会跟别人说"一块儿喝几杯"。
卡扬	毕竟饱尝干旱之苦。
本	还挺好笑的,老兄。你的幽默感大有长进。
卡扬	名师出高徒嘛。
本	那个名师就是我。不过,你想知道最伤人的、真正往我伤口上撒盐的部分是什么吗?你知道这家伙要跟谁结婚吗?莎拉·纽伯格。

卡扬　　　我不知道这人是谁。

本　　　是第一个让我勃起的女生！莎拉他妈的纽伯格。

卡扬　　　真的吗？你的初恋？

本　　　说句实话，这可把我气坏了。(突然变得脆弱)班迪啊，可把我气坏了。

卡扬　　　(温柔地)我懂的，老兄。

本　　　这世界真不公平。这你也知道——你是尼泊尔来的。但这里也不公平。我只是觉得……我只是觉得……好像有时候一切都完蛋了……以前莎拉对我特别好。

卡扬　　　会好起来的。

本　　　(又坚强起来)这我知道。无论如何，她现在可能已经变成了丑八怪，可能已经变成她妈那样了——只有肥臀，没有翘臀。不过说句实话，她以前挺漂亮的。

卡扬　　　你嫉妒泰德吗？嫉妒也没关系。

本　　　嫉妒？才不呢。他就是个傻蛋，就是个银行家。我才是在用我的人生做点儿有意义的事情呢。我没时间听哪个娘儿们在我耳边叨叨，耽误我工作的时间。

卡扬 你会有所成就的，本。

本 得了，我也不是说所有的银行家都是傻蛋。但他是个他妈的来自新泽西的犹太银行家，一个他妈的夏洛克①，一个永存不灭的刻板形象，而且说实话，这样的刻板形象我现在可不需要。这跟你去从事金融行业不是一码事。

卡扬 怎么不是一码事呢？

本 听着，这有点不好解释，因为你不是这里的人。但如果你是个在美国出生的白人，又是他妈的犹太人，还是个中产，那银行业基本就是一条公认的捷径，它没有你想的那么高尚。

卡扬 我也没觉得它有什么**高尚**的。我不会用**高尚**这个词。本，它不比任何其他的职业更高尚或更不高尚。我只是觉得这个领域很有意思，又是条谋生的好路子。

本 是啊，但在这里，对于一个城郊长大的犹太小孩

---

① 莎士比亚喜剧《威尼斯商人》中的犹太富翁。

儿来说——这话我是作为一个城郊长大的犹太小孩儿说的——这个领域很**没意思**,这是条谋生的**破**路子。听着,就好比如果我像你一样出生在尼泊尔,然后我想当个"夏尔巴"①或者"廓尔喀"②或者"派克"③什么的,**那**就是条捷径,对不对?

卡扬　廓尔喀人可是公认的世界上最骁勇的战队。

本　我知道他们肯定非常厉害,但是——

卡扬　而夏尔巴人可以在不携带氧气瓶的情况下登顶珠穆朗玛峰。

本　那确实是了不起的成就——

卡扬　派克则可以为你御寒。

本　说得好。在尽量**不**侮辱你的前提下,我想说的

---

① 夏尔巴(Sherpa),指散居于喜马拉雅山脉、给攀登珠穆朗玛峰的各国登山队当向导或背夫的人。

② 廓尔喀(Gurkha),指来自尼泊尔加德满都以西廓尔喀村的雇佣兵,以纪律严明和骁勇善战著称。

③ 派克(Parka),指一种连帽外套,帽子边缘处会有一圈动物毛来保持面部温度。

就是——你从尼泊尔这样一个穷得要死的国家——不好意思,这样一个穷国——来到美国,想在商界创下一番事业,这是令人敬佩的。而一个来自新泽西的该死的犹太人——不好意思,犹太人——做同样的事,就毫无新意。

卡扬　那电影呢?

本　他妈的电影怎么了?

卡扬　你想拍电影——我是说,你**在**拍电影。电影产业不也到处都是犹太人吗?

本　没错,而且对这个问题我早就想好了两个答案,因为我经常思考这点儿破事儿。一个是我不会成为那种有钱的他妈的到处潜规则别人的影视高层,二是艺术和电影可以反映生活、挑战界限,这些都是倒买倒卖、拿钱生钱所永远不可能做到的! 再说我拿的是电影**理论**的学位。我他妈以后也赚不到**几个子儿**,而且我欣然接受这个情况。

卡扬　而且你总是可以找你爸借钱。

本　来一口吗?

卡扬　还是大麻?

本	对。
卡扬	那不用了。
本	我爸就是个混蛋。给你讲个秘密好吗?
卡扬	请讲。
本	等一下。我刚才那番关于银行业的发言有没有冒犯你? 因为如果有,那我很抱歉。实话说,要是冒犯了你,我也无法安心地进入下一个话题。
卡扬	老兄,我没有感到冒犯。
本	因为要是哪句话冒犯了你,我就无法问心无愧,我他妈真的会自杀。我在路上他妈的撞死了动物都无法往前开,你懂我的意思吗? 一想到身后有只死去的小动物躺在路中央,我就无法继续开车,你懂吗?
卡扬	没有什么死去的小动物,接着说吧。
本	因为我觉得你他妈特别棒。你在纽大读商科,你来自尼泊尔,因为这两件事,你成了我特别棒的室友和特别棒的朋友,我为我们能相识相知骄傲得要命。
卡扬	我也为我们的关系感到骄傲。

本　　　你是个实诚人，班迪。好吧，来说说我的秘密。八岁那年，我做过一个关于莎拉·纽伯格的梦，就是这个傻缺的新未婚妻。

卡扬　　是春梦吗？

本　　　比春梦有过之无不及。我能跟你说点儿恶心的吗？

卡扬　　说吧。

本　　　你容易吐吗？

卡扬　　在加德满都的时候，我得过四个月的贾第虫[①]感染。我的胃久经考验。

本　　　很抱歉你得过这样的病。

卡扬　　谢谢，我已经彻底痊愈了。

本　　　好吧，八岁时，我做了这样一个梦，梦里我躺在二年级教室的地板上。桌子都被推到了墙边。我把报纸整齐地铺满地板，然后浑身赤裸地仰面躺在报纸上。恶心的部分来了。我有点儿不好意思讲出来。我能说吗？

---

① 贾第虫（giardia），即蓝氏贾第鞭毛虫，属鞭毛虫纲，主要寄生在人体肠道内，可引起腹痛、腹泻和吸收不良等症状。

卡扬　　没事的，请继续讲。

本　　　莎拉·纽伯格，也就是我碰到的那个混球的未婚妻，这位很可能相当正派的女士，她以扎马步的姿势跨在我的面部上方，同样浑身赤裸地在我身上拉屎。

卡扬　　她在你身上排便？

本　　　在我脸上。为此我他妈感到坏透了。我从未向别人讲起过。我简直窘迫难当。一个裸体的八岁女孩在我脸上拉屎，你知道脑子里带着这样的画面度过一生是什么感觉吗？我这人是不是坏透了？

卡扬　　嗯……你让先我想想。

本　　　你想吧，哥们儿。

卡扬　　想好了。我觉得如果你是现在做的这个梦，而梦中的莎拉还是个八岁女孩，那我觉得是的，你确实是坏透了。但考虑到做这个梦的时候，你们俩都只有八岁，那我觉得产生这类幻想是非常自然的。这没什么可耻的，而且说实话，能坦白这件事本身就相当勇敢了。

本　　　伙计，你怎么总知道说什么话能让我心情变好啊？

卡扬　　　我还有一个可能会让你心情变好的想法。

本　　　　还有一个可能会让我心情变好的想法！（亲吻他的头）我他妈爱死你了！

卡扬　　　我认为你在梦中铺报纸是个非常有责任心的行为。你把报纸铺开，我猜是为了保护教室的地板，为了接住那些没能落在你脸上的排泄物，这样的举动更能说明你的品格，而不是你性变态的地方。事实上，我觉得你完全不必为这个梦感到难堪。我认为它体现了你优异的品格和爱人的能力，哪怕对方身上有些潜在的恶心人的身体机能。她对着你的脸做那种事，而你依然爱她，这本身就非常甜蜜，而且我认为它说明你以后会让某个女人过得非常幸福。

本　　　　你他妈是什么人啊？你简直是世上最完美的人！我都被这件事困扰了二十年了！

卡扬　　　不过你听我说，本。说了这么多，我还有一条建议，你可以选择要不要采纳。

本　　　　请讲！你的建议我肯定采纳！你可真他妈是个完美朋友的典范。

卡扬　　如果你受邀在他们即将到来的婚礼上致辞,我建议你不要讲起这个故事。

本　　你他妈是我见过的最佳室友。这你知道吧? 你他妈真的最好啦!

本在卡扬的头顶响亮地亲了一口。

本　　你猜怎么着? 我想让那个华尔街混球见见你,我真的很想。我疯狂的尼泊尔室友! 咱们请那小子来家里喝个酒吧!

灯光渐暗。"武当帮"①的歌曲《方法派》大声响起。

---

①　武当帮(Wu-Tang Clan),美国嘻哈音乐组合。

第二场

"武当帮"的歌声戛然而止。灯光亮起。

泰德环顾这间公寓。本坐在沙发上卷大麻烟。西装革履的卡扬正在准备生菜沙拉和啤酒。

泰德　　你们这地方可真不赖!
卡扬　　哦,这是本的房子。我只是租了其中一间。
本　　　你只是**住**了其中一间,你已经好几个月没有名副其实地**租**了。注意措辞,班迪。
泰德　　你肯定混得不错嘛,本。这都是拍电影赚的吗?
卡扬　　是啊,本非常有才。
本　　　嘿,谢了哥们儿!
泰德　　这样的房子都能搞定,那你肯定很有才。
本　　　是赶上好时候了,兄弟。

泰德	别装了，你肯定从哪里得到了帮助。谁家父母都给孩子买房，我觉得没什么丢人的。反正我已经把钱基本都还给我家老头子了。嘿，卡扬，欢迎来到纽约，这里的小孩儿都很有钱，谁也不知道为什么！
本	我以为你爸得癌症了。
泰德	这五年他的病情在逐渐好转。
本	怪了。
泰德	是啊，再有六个月，他就能出危险期了。老天保佑。
本	所以他还没死？
泰德	我们一个小时前刚通过话，除非他刚被车撞死之类的——
本	也不是不可能。这世界危机四伏，我们都不过是在等死罢了。
泰德	那倒是，本。你一直是个现实主义者。
本	可不是嘛！
泰德	伙计，我要说的是——真不敢相信我现在站在这里跟你说话，可太超现实了。见到你真好，老

兄。你一点儿都没变。

本 而你却穿上了西装!

卡扬 好啦! 我们做了生菜沙拉! 还有尼泊尔啤酒。生菜沙拉是我提议的,尼泊尔啤酒是本点的。泰德,希望你不要介意。

泰德 怎么会,我已经迫不及待了。这是哪种啤酒?

本 哪种? 这他妈就是啤酒,管它哪种呢!

卡扬 叫"北美野马",是一种拉格。一种拉格淡啤。

本 我有个舅舅,职业是砍樵。有天喝醉酒,失手砍了屌[①]。

泰德大笑起来,卡扬把啤酒递给大家。

卡扬 泰德,给你。本。

泰德 好嘞! 敬老朋友!

卡扬 还有新朋友!

[①] 原文为:"I had an uncle who was a pale logger. Chopped his dick off one day cause he was drunk on Nepalese beer." 句中"logger"与上句"lager"(拉格)押韵。

泰德　　干杯!

本　　　欸欸欸! 这可是尼泊尔啤酒。我们得用尼泊尔语说"干杯"! 要尊重别人。卡扬,你们怎么说?

卡扬　　用尼泊尔语吗? 想不到欸。我觉得我们好像不这么讲。

泰德　　不会吧,你们总得说点什么。

卡扬　　不,我觉得我从来没有说过类似"干杯"的话。估计我们喝酒的时候觉得没有祝酒的必要。

泰德　　那确实,我从来没有想到过这一点。为什么喝酒时要祝酒呢? 这也不是什么伟大的成就。

本　　　纯粹是享乐主义! 也许,我们与其像赢得了这杯酒似的大呼"干杯",不如向世界道个歉。因为当人家都在辛勤劳动时,我们却坐在这里喝酒。

泰德　　我觉得这个方案更好。

本　　　好啦,绅士们,举起你们的酒杯。这是一段尼泊尔祝酒词:敬所有那些在我们痛饮美酒之时拼命工作的可怜虫 —— 我很抱歉!

泰德和卡扬　　我很抱歉!

他们笑着碰杯。

泰德　　本，你是我认识的最有幽默感的人之一。

本　　　才"之一"？

泰德　　你真应该拍个喜剧片。你不喜欢喜剧吗？没准儿你能导演一部非常搞笑的喜剧片呢。

本　　　你有什么想法吗？

泰德　　我不知道，比如我们刚才！比如我们正要说"干杯"，却觉得那样说很自私，所以我们换成道歉。这也许能作为一个有意思的小场景呢。不是什么关于整部电影的想法，但这是其中的一个小场景，对吧？

卡扬　　这确实是个有意思的想法，本。

本　　　其实吧，我在拍的是另一种电影。

泰德　　哦，不好意思。是搞笑片吗？什么样的故事线呢？

卡扬　　说话小心哦，泰德。

本　　　生活给我呈现了什么，我就拍什么，再把这些素材组合成一种尚未命名的艺术形式。

泰德　　哇,有趣。恕我无知,但你实际拍的都是什么呢?

本　　　就好比昨天吧,我看见一个男的从垃圾堆里捡东西吃,然后一条狗走过来,也开始吃那些脏东西。这时一个有钱娘儿们上前把狗拽走了,还冲它喊:"巴克斯特,你可不能吃那里的东西!"而那个流浪汉还在继续吃。

泰德　　老天啊,哇哦,你把这个场景拍下来了?

本　　　是啊,我拍的都是这种东西。然后我会把它们拼贴在一起,绘成一幅扣人心弦的生活图景,也就是你说的"故事线"。

泰德　　感觉好酷啊。

卡扬　　不过还记得你说你喜欢一开始他们一人一狗共享食物的部分吗? 你说你觉得这个场面很祥和,对吧?

本　　　算了,我不怎么喜欢那部分。

泰德　　你可太厉害了,老兄。而且我听懂你什么意思了,这可比拍个喜剧片更加 —— 深奥。

本　　　没错。这样更深奥,层次更深。就好像在深入地心的地方,嘭! 那里有个流浪汉在和狗分享一盘意大利细面。

泰德　（努力跟上对话的节奏）就像《小姐与流浪汉》[1]？

本　　没错！

泰德　啊，懂了！

卡扬　本说你要结婚了？

泰德　是的，今年六月。我们非常激动。其实，本、莎拉和我在还是小不点儿的时候就是朋友了。

本　　虽然你这么说，但我其实不怎么记得她。

卡扬　你们的婚讯**见报**了吗？本可喜欢报纸了。

泰德　没有，我们打算就办个小小的典礼，只请几个亲朋好友。就差直接去市政厅了。

本　　他这么说只是为了让我不要因为没有收到请帖而难过。反正我也不难过就是了。

卡扬　（温和地责备）本。（问泰德）所以你和莎拉是校园情侣吗？

泰德　算是吧，只是她当时什么也不知道。我老早就爱上她了，那时她连我的存在还不知道呢。

---

[1] 即 *Lady and the Tramp*，迪士尼1955年动画电影，以一只宠物狗和一只流浪狗为主角。

本	哈!
卡扬	哪有,很甜蜜啦。
泰德	说实话,你们知道我第一次跟她说"我爱你"的时候,她回的什么吗?
本	不知道,我们又不在现场。
卡扬	她说什么?
泰德	她说:"谢谢。"
本	脸皮真厚!
泰德	(笑)我知道,糟糕透了。你们知道我怎么做的吗? 我从此开始只说"我也爱你",而不是"我爱你"。
卡扬	还挺好玩,暗示她已经说过"我爱你"了。
泰德	没错,而且这样能逗她笑。所以现在每次我要说"我爱你"的时候,我就说"我也爱你"。或者如果她是先开口的,她也会说"我也爱你,泰迪"。这成了我们的小仪式。
卡扬	我真喜欢这个故事。
本	我也是。你能再讲一遍吗? 这次讲得慢一点,能不能把你的袜子也借我撸一发?

卡扬　　本,别闹。

泰德　　确实很肉麻,我知道。你们俩什么情况呢? 有没有对象? 要是这话我不该问,叫我闭嘴就是了。

本　　　好,那你闭嘴吧。

泰德　　哇哦。抱歉。

卡扬　　本在开玩笑。他开玩笑就这样。

本　　　我就这样!

泰德　　没事,我知道这种问题很烦人。一个刚订婚的人问起你的婚恋情况,就好像突然间因为我要结婚了,世上其他人也要结婚了。

本　　　没错! 烦死人了。

泰德笑起来,本开始卷烟。

卡扬　　好吧,回答你的问题,我算是在跟一个好姑娘恋爱中。

泰德　　老兄,那可真不错。

卡扬　　是不错,可我只是不太确定是什么情况。我们都非常心仪彼此,但我看得出来,她还没做好安定下来的准备。

泰德　啊，就好比你知道一切都很完美了，但她还感觉不到。

卡扬　没错！而且我常产生一种挥之不去的恐惧，就怕在马路上碰到她在亲吻别人……亲吻某个霸道总裁之类的。

泰德　我明白这种感受。

卡扬　她一直说我对她来说太好了，就好像这是件坏事。就好像她内心深处想要约会的对象是那种会在酒吧里为她把别人揍一顿的男生。

泰德　太有意思了，我完全明白。咱们不是那种人。

卡扬　没错。我是个和平主义者。字面意义上的。在选民登记卡上的"党派"一栏，我写的是"和平主义者"。为此我还惹了麻烦，真是讽刺。

泰德　卡扬，你听我说，这也是我的经验之谈。像咱俩这样的男生，咱们最终会获胜。她觉得她想要那种坏小子，而且没准她现在确实这么想。但到了最后，女生都想找能够照顾她们的人。你没问题的，老兄。

卡扬	谢了。我觉得我大概明白这个道理，但有时也需要别人提醒一下。
本	你们两位啊，可把我感动坏了，我都硬了。
泰德	那你呢，本？我觉得我对你一无所知。你好像高中以后就跟大家失联了。我知道你去西海岸上学了——我猜是电影学院？
本	不是，本科我学的是人文。
泰德	哦？哪一门？
本	全部。全部人文学科。
卡扬	本杰明拿到本科学位以后就变得十分人文主义。
泰德	好笑。

本抓起打火机和卷烟。

本	我能点上了吗？有人介意吗？泰迪，你现在还抽吗？
泰德	行啊，我就来一口。很久没抽过了。我以前一抽麻就神经紧张，本，还记得吗？
本	不太记得了，但这玩意儿还不错，你不会有事的。

泰德　　　谢谢。(抽了一口)哇。真是好久没抽了。

本　　　　欢迎回归。

泰德　　　(递给卡扬)伙计,来点儿吗?

本　　　　他不要,他不抽烟,他不做任何寻开心的事情。

卡扬　　　那可不是。今天早晨我还洗了袜子,吃了蛋饼。

泰德轻声笑了。

本　　　　那不是寻开心的事。

卡扬　　　我知道,我开玩笑呢。

本　　　　(拍他的头)哦! 说得好! 不管怎么说,别再他妈绕来绕去了! 卡扬,向他介绍一下自己。卡扬做的事可了不起了。

泰德　　　哦? 你是做什么的?

卡扬　　　我正在纽大的斯特恩商学院读硕士。

泰德　　　哦,你跟我一样是个经济狗! 斯特恩很不错嘛。我上的是杜克的福库学院。项目都差不多。

卡扬　　　啊,对。杜克。斗牛犬,冲吧!

泰德　　　什么?

卡扬　　你们球队的吉祥物不是斗牛犬吗?

泰德　　不是啊,我们是"蓝色魔鬼"。

卡扬　　那我想的是哪个学校的?

泰德　　我不清楚。

卡扬　　"蓝色魔鬼"。对。杜克。

本　　　总之,卡扬这人正经不错,他还写过一本书。你敢相信吗? 他还他妈的写过一本书,在尼泊尔可畅销了,他就是尼泊尔的哈利·波特。

卡扬　　也没那么畅销啦。

本　　　而且还特别谦虚。这点就不像哈利了!

卡扬　　本说你在一家大公司工作。我能问问是哪家吗?

泰德　　没问题。我在"白岩资本"。你听过吗?

卡扬　　我当然听过。你在那里干了多久了?

泰德　　将近十年了。我高中一毕业就开始实习,本科期间一直远程工作,而且我在杜克读工商管理硕士,有一半儿钱是他们出的。对我来说公司就像个家,我觉得自己这辈子好像没有上过一天班。

本　　　有意思,我也这么觉得。

卡扬　　我非常了解你们公司。作为一家大型投资公司,

	你们还做一些类似小额贷款这样了不起的事情。
泰德	是啊,兄弟们做很多这类业务。一部分是公关需要——
卡扬	没有的事,已经很了不得了。这也算是我专攻的领域。
泰德	真的吗?你是研究什么的?
卡扬	其实也是工商管理。但这个项目叫"基于社会问题的公益创业",所以我要解决的问题是调和发展中国家的集体化生产和它为国际市场带来的影响。
本	卡扬,你说的这些对我们白人来说无聊死了!我能给他看看你的书吗?我现在就像个自豪的老爸,可真丢人!

本走到他凌乱的书架前,开始翻箱倒柜地寻找那本书。

本	他是在加德满都的学校拿了奖学金才来美国读书的,这样就可以毕业后回尼泊尔,救国家于水火。
泰德	老兄,太伟大了。

卡扬　　但其实吧，我想在你就职的地方积累一点工作经验。现在"白岩"是一家多么重要的公司啊。

本　　　去他的，他可不想在华尔街工作。你可不想在华尔街工作。他要回尼泊尔，拿自己的学历拯救那片土地。

泰德　　那我可以帮你安排个面试，只要你不介意从资产管理开始做起。感觉你已经过了做这个的阶段，或者你的兴趣点在别的地方——

卡扬　　不会，这就很不错，这就很好了！我只是想要一些现实世界的经验。

本　　　现实世界的经验？你他妈来自尼——泊——尔！还有什么比**末代国王贾南德拉**更现实的!？

卡扬　　本，你能不能别喊那个人的名字了？他糟蹋我的祖国糟蹋了七年之久。

本　　　抱歉，不喊了。总之，你应该回尼泊尔。否则你不过是他妈的给人才外流雪上加霜。他们是把你送到这里学习的，毕业那天，你要带上你的满腹经纶飞回那个穷乡僻壤——不好意思，是你的祖国——然后救国救民！

卡扬	本,我可谢谢你,帮我把这一辈子都规划好了。
本	不客气,哥们儿。
卡扬	我是在讽刺。
本	讽刺得好!
泰德	你们两个真的是室友吗?
本	谁知道呢!
卡扬	我们真的是室友。你想说什么?
泰德	你们表现得就像一对老夫老妻。
本	我们只有不上床的时候才这样表现。
泰德	(大笑)不是,我说真的,你们怎么认识的?
卡扬	我在纽大的贴吧里发了个找室友的帖子。
本	那个帖子就像班迪本人一样,简洁生硬,毫无特点。"求卧室。本人干净整洁,有责任心,作息规律。"
卡扬	所以我们才是天生一对。
本	是的!
卡扬	我还是在讽刺。
本	笑果不错。语气再抑扬顿挫一点,好让我们听出你的用意。嘿,泰德,想听件奇葩事吗?

泰德	说吧。
本	我认识这孩子的时候,他还在送比萨外卖。他在尼泊尔出过一本畅销书,来到纽约上学,他妈的这个垃圾资本主义系统,却让他给那些嗑嗨了的傻瓜们送比萨。
卡扬	我不介意送外卖呀。正经差事总没什么不对。
泰德	确实没什么不对。
本	这位可有才了。我一眼看出他的本事,赶紧把他收入麾下。

本找到卡扬的书,把它扔向泰德。

本	找到了!泰迪,你肯定喜欢这玩意儿。
卡扬	本,上次问你还没读呢,这期间你真的碰过这本书吗?
本	我会看的,你知道我多么为你骄傲。
卡扬	这我的确知道,我开玩笑的。

本坐在沙发上抽烟。泰德打量这本书,并读起了封底。

泰德	有意思。所以你是把一场旱灾、一次政治起义和国际茶叶价格下跌联系了起来。我觉得公司里可能有些人会有兴趣瞅瞅这个。介意我把它借走吗?
卡扬	介意? 我荣幸还来不及呢。除非,我不知道,本,你今晚打算看这本书吗?
本	说不定呢。小泰泰,扔给我好吗?

泰德走过去,把书递给本。本快速地翻阅起来。

本	我也许今晚会读。不过我读完就会把书给你。
卡扬	你说真的吗?
本	真的,很抱歉之前没有支持你。有时我真是个损友。泰迪,你还想来一口吗?
泰德	不了,谢谢。
本	有时我可真垃圾。我的内心深处可能蕴藏着某种怒意,但这种怒意让我表现得很垃圾。而且我还是个拖延症患者。我的天哪,我可太能拖了。真

	抱歉我还没读你的书。
泰德	这本书你们还有多的吗？
卡扬	真是不幸，没有了。我在尼泊尔的家里还有几本，但书已经绝版了。
本	知道怎么办吗？

本粗暴地把书扔给泰德。

本	泰迪，书还是你拿着吧。
泰德	好的，谢啦。
卡扬	本，谢谢你。
本	不必谢我。我迫不及待要读了。
卡扬	嘿，能把我的邮箱地址给你吗？
泰德	那太好了。给你，直接输到我的手机里。再给自己发封邮件，这样你也有我的地址了。

泰德把他的手机给了卡扬。卡扬开始打字。

| 本 | 你们也太可爱了。这他妈就像初次约会。班迪在 |

初次约会后可什么也不干。

泰德　你确定吗？我也可以十分让人难以抗拒。

本　　我知道。你都要跟那个叫什么的女生结婚了。

泰德　叫莎拉的女生。

本　　哦对，莎拉。我记得我们是同学。

泰德　你俩的妈妈现在还经常见面呢。

本　　这我可难以苟同。

泰德　本，我知道莎拉很想见你。她现在还会讲起你呢。

本　　（嘲笑的口吻）哇，还讲呢？！

泰德　是啊，她还会讲起你以前是多么有创造力、多么有趣。也许是因为她要和我这样无聊的人结婚了吧。

本　　也许吧。

泰德　你猜怎么着？我们真的应该约个晚饭。

卡扬　那太好了！

本　　我可不觉得，老兄。我接下来几年都忙得很呢。

泰德　我们都不闲着，但永远不会忙到不能见朋友。来嘛！咱们五个一起，怎么样？

本　　你还在华尔街工作呢，数学这么差。哪有五个人？

泰德　　　我和莎拉，卡扬和他女朋友，还有你。

本　　　　这么一听，我就是去吃狗粮的。

卡扬　　　我估计瑞诗玛会乐于加入。

泰德　　　那就这么定了。本，你下定决心了就告诉我们。我们来计划。好极了，我知道莎拉会非常亢奋的。

本　　　　那可是最重要的。

泰德　　　你们保重。很高兴再见到你，本。你的电影听起来特别酷。

本　　　　哦耶，它会超酷的。妙极！

泰德　　　还有你卡扬，我们保持联系。很高兴认识你。

卡扬　　　彼此彼此。再次谢谢你考虑我的书。而且就像我之前说的，贵公司的任何岗位我都欣然接受。哪怕只是面试也可以，随便见个面也可以。真的，什么都可以。

本　　　　你想给他吹彩虹屁，能不能换个房间？

泰德　　　（开玩笑）没事，在这里就好。

本　　　　呃，泰迪，我的天。思想不要那么龌龊。

泰德　　　（大笑）你可太逗了，老兄，真的。每次见到你都很快乐，每次。

泰德走了。

本　　　　可真是个混球,我没说错吧?

卡扬　　　我还挺喜欢他的。

本　　　　我也是,我说笑呢。

卡扬　　　是呀,他挺酷的。能认识他这样已经有所成就的人真好。

本　　　　"有所成就"?他有什么成就?他这辈子就干了一份工作。

卡扬　　　能在一个竞争激烈的公司留这么多年也是很不容易的。

本　　　　不对,是懒惰。嘿,我今晚的行为冒犯到你了吗?

卡扬　　　哪些行为?

本　　　　你知道我拿那本书是为了什么吧?

卡扬　　　你是说你装作今晚要看书这个行为?

本　　　　是啊,你知道我为什么这么做吧?

卡扬　　　我以为你真的要读呢。

本　　　　不是,不是。我只是在欲擒故纵。他要是以为自

|||己得不到这最后一本，就会更加想要，所以我后来又给了他。

卡扬　哦，我还以为你终于要读了呢。

本　你才不想这样呢。

卡扬　本，我想。

本　为什么？我读了对你又有什么用呢？

卡扬　你是我的朋友，是我的室友。我想让你对我的事业产生兴趣。

本　你应该多给自己点儿信心，老兄。别太在意别人对你的想法。

卡扬　你以前还看我的论文呢。你喜欢看我的论文，还在边上做些小评论，帮我校对。

本　我变忙了。

卡扬　你可没有。

本　嘿！咱们现在气氛有点儿紧张！冷静！

卡扬　本，你有什么毛病？

本　我见过她的生殖器。

卡扬　你说什么？

本　我见过他未婚妻的生殖器。

卡扬	你说的是莎拉吗？
本	我说的是她的生殖器。能给你讲个关于莎拉和我的秘密吗？
卡扬	这种秘密你到底有多少个？
本	我有好几个。我能给你讲，讲我怎么见过她的生殖器吗？
卡扬	本，我不知道。
本	求你了。能跟你说了吗？
卡扬	那好吧。但我们能不用这个词了吗？
本	什么词？
卡扬	她的……下面。你能别用那个词了吗？
本	那咱们用什么词？
卡扬	我什么词都不打算用。这是你的故事。所以发生了什么？又是一场梦，还是一件实际发生的事？
本	不是梦，是实际发生的事。以前有个脾气挺暴的小孩儿叫沃伦，我跟他是好朋友。我们那时大概七岁，就是在莎拉在我脸上拉屎那段时间，但绝对是在那之前，这就说得通了，因为我觉得如果我没见她的裸体，那也不可能梦到那样的场景。

卡扬　　你比较天赋异禀。

本　　　谢谢。我们在沃伦的房间里玩一些幼稚的游戏，比如"猜猜是哪位"①，你可能没听说过，这是个美国游戏，你就想象一下象棋或者尼泊尔版的"捡木棒"②什么的吧。她的父母来接她，他们在外面的私人车道上鸣笛。她起身要走，这时沃伦说，她只有给我们看了她的生殖器——不好意思，她的下面——才能走。于是她稍稍拉下裤子，就这么他妈的给我们看了！

卡扬　　哦我的天哪，本。我觉得我听不下去了。

本　　　嘿，听拉屎故事时你向我展示的本事去哪儿了？

卡扬　　好吧，我会尽量忽略这个故事里对一个孩子的性剥削。

本　　　我们那时都还是孩子，别紧张。所以她把裤子和内裤都拉了下来，露出她的器官，而我们就愣愣地看着这幅他妈的新奇画面，这个我们前所未见

---

① 猜猜是哪位（Guess Who?），一款经典的美国儿童桌上游戏。

② 捡木棒（pickup sticks），一种传统幼儿益智游戏。

的东西，而且就算我们以前见过，当时也是以一种全新的方式在看待它。我有点害怕，因为沃伦这样做实在太放肆了。

卡扬　感觉沃伦是个问题儿童。

本　沃伦没活过十二岁。

卡扬　发生了什么？

本　他死了。

卡扬　什么？

本　但这不是现在的重点。重点是，就在她给我们展示性器官，而她的父母在外面鸣笛时，沃伦只是低着头看着地面，就好像他感到尴尬。很奇怪吧？

卡扬　是奇怪，但也可以理解。这个体验很震撼嘛。

本　但我这个没有提出要看的人，这个从来没有想过提出要看的人，却看得目不转睛。

卡扬　有趣。

本　别评判我。

卡扬　我没有。

本　我记得我感受到从未有过的兴奋。我心脏狂跳。

我浑身冒汗。我为之性奋异常。尽管当时只有七岁，我感受到的性欲却是真实和强烈的。但我的感觉里不只有性，我觉得我坠入了爱河。

卡扬　你认真的吗？

本　是啊，而且我觉得那是我最后一次坠入爱河了。我知道这听起来很变态。我为什么要跟你说这些？

卡扬　没事的，老兄。

本　是吗？

卡扬　嗯。

本　那是我最后一次看到让我觉得我想要去爱的东西，而且我觉得我也许还爱着。是不是很垃圾？

卡扬　是的，我觉得这确实有点不健康。

本　你觉得我在尼泊尔能有所成就吗？

卡扬　有所成就？

本　是呀，我一直觉得你和我非常相似。但我不觉得自己在那边混得下去，你懂吗？而且还要在那里**生活**，日复一日。

卡扬　本，我觉得你走到哪里都没有问题。

本	你真的这么想吗?
卡扬	我真的这么想。
本	谢了,卡扬。
卡扬	没事。
本	嘿,卡扬?
卡扬	怎么了,哥们儿?
本	你觉得她会喜欢我吗?
卡扬	谁呀?
本	你懂的。
卡扬	莎拉?
本	嗯。
卡扬	我觉得她会喜欢你的。泰德说她以前一直觉得你非常有趣。
本	他这么说了?
卡扬	是啊,他说莎拉觉得你很聪明,很有才,还很有创造力。
本	是啊,他的确这么说了。我想她现在是不是还这么觉得呢。
卡扬	你身上也有不少可取之处呢。

本	你觉得邀请她来吃晚饭好不好？我们可以做我前几天买的尼泊尔菜。我觉得莎拉看到我生活中发生的种种事情，她也许会觉得有意思的。
卡扬	我觉得她可能想带泰德一起来。
本	你觉得莎拉喜欢他吗？
卡扬	我估计她挺喜欢的。
本	见鬼。你是我唯一的朋友。
卡扬	我知道。
本	真奇怪。你永远都不会离开我，对不对？
卡扬	我都不知道我能怎么离开你。
本	我也是。你能抱抱我吗？

卡扬拥抱了本。

本	（伤心地）我觉得我真的晕乎了。
卡扬	没事的，老兄。

卡扬继续拥抱着本。灯光渐暗。

第三场

一台小小的电脑上传出比利·乔尔①的《意大利餐厅一瞥》,还是俗气的纯音乐版。墙上投射着幻灯片。幻灯片上写道:

> 瑞诗玛、本、莎拉和泰德
> 欢迎享用你们的第一顿尼泊尔晚餐。

> 接下来是一段关于我国料理
> 和用餐礼仪的简要介绍。

> 最重要的是:别慌!

---

① 比利·乔尔(Billy Joel),美国歌手、唱作人、钢琴演奏家。

是的，我们即将享用一顿"传统"的尼泊尔晚餐。

但你们会发现"传统"这个词
是在引号里的。

引号应该使你们感到安心。

引号意味着这顿饭不是真的很传统。

事实上，谨防万一，在享用尼泊尔菜碰到
诸如"传统""正宗""家常"这些词时，
一定要看看有没有引号。

这些引号告诉你们
可以免受贾第虫感染或阿米巴痢疾之苦。

今晚，我们将品尝到各种各样的菜式。

它们也许会让诸位想到印度菜……

但我们不喜欢这样的比较。

瑞诗玛　　嘿！

瑞诗玛，无意冒犯。

瑞诗玛　　谢谢。

我们将享用咖喱蔬菜配手抓饭。

这是一道尼泊尔主食，它不致吐。

我们还会品尝尼瓦尔馕。

它就像尼泊尔的比萨，也不致吐。

最后，我们会品尝玛苏肉。

这是一道由咖喱香料烹制的肉菜，
　　如果你吐了，就是因为它。

　　不过最重要的是……

　　你们需要了解，无论哪个阶级的尼泊尔人，
　　都是用手吃饭的。

　　没错，你们的朋友卡扬……

一张卡扬微笑的照片。

　　……那个被你们请进家门、睡在家里的人……

一张卡扬躺在床上的照片。

　　……从小就是用手吃饭的。

一张卡扬用手吃饭的照片。

我事先为今晚的体验可能引起的任何肠胃或体味问题跟各位说声"泊"歉①。

本　　双关出现了!

本,别评论我的双关。

莎拉　　噢!本,输给了幻灯片。
本　　啊哦。

结束!

灯光亮起,照在瑞诗玛、本、莎拉和泰德身上。他们礼节性地鼓掌。餐桌布置得很漂亮。

---

①　原文为"Nepal-ogize"。

莎拉　　　伙计，你可笑死我了。

本　　　　他就是我室友！

瑞诗玛　　你可真是个极客。

卡扬　　　当个极客总好过让客人为不熟悉的菜肴而失望。

泰德　　　这是个古老的尼泊尔谚语吗？

本　　　　不是，他现编的。

泰德　　　佛曰："当极客好！"

本　　　　泰迪，我们听懂了。

卡扬　　　好嘞，先讨论第一要务。尽管我的推销难以抗拒，还是有人要用餐具的吧？

泰德　　　我肯定要用叉子！莎拉呢？

莎拉　　　才不呢！我愿意用手吃。

本　　　　莎拉！"手党"击掌。

本和莎拉击掌。

泰德　　　好吧，女士发话了。我们俩都用手吧！

本　　　　变得可真快。

莎拉　　　我非常有说服力。

本	莎拉,你男人耳根子可真硬啊。
莎拉	早不硬了,本。我鞭策他太多次了。
泰德	哦!难怪我早晨起床时浑身酸痛呢?
莎拉	这是原因之一。
瑞诗玛	我可不用手吃!
卡扬	好的。本呢?
本	你他妈逗我呢?我反正都要用手吃!就像你一样,莎拉。我就要用手吃,就算有人把我的手绑到背后,拿枪指着我的脑袋,逼着我他妈的拿起叉子,我都会用手吃的!
莎拉	哇哦。本,你设想的情况也太浮夸了!
本	莎拉,我就是个浮夸的人嘛。
卡扬	好嘞。那就是四个人用手,一个人用叉子!
泰德	(对瑞诗玛说)嘿,我们要是都用手吃饭的话,就可以少洗几套餐具了。
莎拉	说得好!我男人总是为做点儿有趣的事想出一些实用的理由!
瑞诗玛	跟卡扬一模一样!
卡扬	嘿!我挺有趣的。

瑞诗玛　　你有很多特点，但有趣吗？

泰德　　　我们就是没趣！接受吧，卡扬！我们是左脑型选手。

本　　　　你们俩可太没劲了！（假装看表）"今天是这个月第一天，亲爱的，我们该上床了！"

莎拉　　　泰德就是这样的！

泰德　　　我就这样了！我也爱你。

莎拉　　　我也爱你。

本　　　　出现了。

本看着莎拉轻轻亲了泰德一口。瑞诗玛看着卡扬。

瑞诗玛　　你顺道去买红酒了吗？

卡扬　　　我下课后没时间去了。但是没有关系，我们有比红酒更好的东西：尼泊尔啤酒！

瑞诗玛　　那我大概喝水就行了。

卡扬　　　瑞诗，怎么了？

瑞诗玛　　没事，没关系。只是我明明让你顺道去买瓶红酒的。

泰德	是我们周四喝的那个啤酒吗?
卡扬	对,"北美野马"。可以吗?
泰德	可以,那个很好喝。宝贝儿,我觉得你会爱喝的。
莎拉	是什么啤酒?
泰德	拉格淡啤。
莎拉	哦,好呀。我已经迫不及待了。
本	莎拉,我有个舅舅,职业是砍樵。有天喝醉酒,失手砍了屌。
莎拉	你也太牛了!
瑞诗玛	真的很好笑,本。我震惊了。
本	真人真事。
莎拉	可不是嘛。
本	你不信我?
莎拉	本,我就没信过你。
瑞诗玛	大家都落座吧?
卡扬	好呀!必须的。瑞诗,我们是把菜分好,还是让大家自取?
瑞诗玛	大家自取吧,分多了吃不了怪烦的。
卡扬	好嘞。请大家到桌子这边来!

本　　　　齐步，走!

莎拉想帮瑞诗玛把菜拿到桌上：

莎拉　　　需要帮忙端菜吗？
瑞诗玛　　不用，不用！快请坐吧！

莎拉走到桌边。卡扬想帮瑞诗玛：

卡扬　　　要我帮忙吗？
瑞诗玛　　你来晚了。
卡扬　　　抱歉。
瑞诗玛　　赶紧坐下吧。我来端。

瑞诗玛把菜品摆到桌上。大家落座。

莎拉　　　各位，看起来好吃极了。
泰德　　　是啊！好丰盛呀。
本　　　　可真会说。

泰德　　　嘿，本、卡扬，要不我们向女士们展示一下"尼泊尔式祝酒"？

莎拉　　　"尼泊尔式祝酒"是什么？

泰德　　　本想到一个特别搞笑的主意。我们问卡扬尼泊尔语里"干杯"怎么说——

卡扬　　　然后我说我们没有对应的说法。

莎拉　　　（问瑞诗玛）你们在印度怎么说呢？

瑞诗玛　　我也不知道。我没去过印度。

泰德　　　所以我们就觉得这事很奇怪，人们——

本　　　　等等，你没去过印度？

瑞诗玛　　没有啊。

本　　　　奇了怪了。

瑞诗玛　　这有什么奇怪的？

本　　　　呃……因为你他妈是印度人？

瑞诗玛　　你的爷爷奶奶是哪里人？

本　　　　摩尔多瓦。

瑞诗玛　　你去过摩尔多瓦吗？

本　　　　才没有呢，我从没去过摩尔多瓦，但他们要是来自像印度那么酷的地方，我第一时间就去了。你

	可要跟自己的根多联络感情啊。
瑞诗玛	多谢来自米虫的指教。
泰德	总之！我们想到尼泊尔人不说"干杯"，因为喝个酒还要祝酒就很奇怪，对吧？
莎拉	确实非常有道理。
泰德	对，所以本说我们应该对那些我们喝酒时还在工作的人们说"我很抱歉"。
瑞诗玛	本！你可算表现出了一点人性。
本	它一直在我心灵的某个角落。
泰德	然后我觉得这一幕要是出现在他的电影里会很好笑，你说是不是？想象一下：一群人围坐在一起，不说"干杯"，而是说"我很抱歉"。多好笑啊。
莎拉	那咱们也这么做吧！

莎拉举起了酒杯。其他人紧随其后。

莎拉	致那些在饱受污染的风浪中颠沛瑟缩的民众——我很抱歉。
卡扬、泰德、瑞诗玛、本	我很抱歉。

本	莎拉,你是我见过的最酷的女生。
瑞诗玛	嘿,本,谢谢啦。
本	不谢。莎拉,所以你这几年在干什么呢?
泰德	我们在马路上碰到那次我不是告诉你了吗?
本	我那天事情多得很,泰迪,咱们对话时我又没有记笔记!
莎拉	泰德什么都记得,所以他以为别人的记性跟他一样好。我在一所专收犯过事的年轻人的学校教数学。
卡扬	哇哦,"犯过事的年轻人"是什么意思?
莎拉	小孩被捕以后,一般有两种情况。他们可以去一个我们想象中类似监狱的地方——有铁窗,穿囚服,那一套东西。或者他们可以去"青少年之家",和集体监护人一起生活,每天由校车送到我工作的学校。这种学校就叫"监禁替代措施"。
卡扬	哇哦。感觉很刺激,但也很棒。
莎拉	不过对我来说,这就是个普通的教职。
泰德	才不是呢。她这是在谦虚。
本	嘿,让女性自己发声。

泰德　　　抱歉，亲爱的。

莎拉　　　确实普通。对我来说，这就是教数学，但额外的好处是，我知道我在帮那些真正有需求的孩子丰富他们的头脑。

瑞诗玛　　所以他们是怎么进去的呢？

泰德　　　这么说吧，她的学生都对公制计量单位①非常了解。

卡扬　　　什么意思？

瑞诗玛　　他的意思是他们都贩过毒。比如一克大麻，一千克可卡因……

卡扬　　　哦。真的吗？

泰德　　　不是，只是开个玩笑。

本　　　　这可不**只**是开个玩笑。不但不好笑，还种族主义。

泰德大笑。

瑞诗玛　　所以他们是怎么进去的？

---

① 美国至今沿用英制而非国际公制计量单位，泰德由此暗示问题少年们都不是美国人。

莎拉　　　我从来不问。

瑞诗玛　　但你肯定会好奇。

莎拉　　　我一开始还是好奇的。刚开始教书时，我会站在教室前方，盯着下面这群孩子，脑子里想着那个坐在教室后排、戴着尼克斯队帽子的雷蒙德，是不是杀了人呢？熟记乘法表的小米歇尔，是不是把别人家女孩子的脸挠花了呢？还是偷过东西？或是在地铁上骂过警察？还有一次，我真的在午休时间溜进校长室，偷看文件袋里这些孩子的档案。我看到的东西使我震惊。再回到教室里，这次我知道了雷蒙德确实杀过人，米歇尔的确在喝了一瓶漱口水后挠花了她妹妹的脸。但我立刻感受到了一些别的东西，一种特别强烈、特别清晰的感觉，它比我刚刚看到的东西更令我感到震惊。

莎拉喝了一口啤酒，大家都全神贯注地等她开口……

瑞诗玛　　什么感觉？

莎拉	我意识到我根本就不在乎。他们做过什么并不重要，而我为自己的偷看行为感到恶心。我看了看雷蒙德，又看了看米歇尔，哪怕知道了这些事，他们在我眼中没有差别。他们看起来就是数学课上的小孩。他们此刻坐在这里。我们一起在这个课堂上，一起学数学。
卡扬	哇哦。
瑞诗玛	多好的故事啊。
本	我的数学就没好过。
莎拉	我知道这个故事有点俗套。
瑞诗玛	一点都不俗套。我要是有个你这样的数学老师就好了。
泰德	瑞诗玛，卡扬也跟我讲了你有多棒。
瑞诗玛	是吗？
卡扬	我可能讲了几句吧。
泰德	可不是。他一说起你就停不下来。
莎拉	你是做什么的？我知道这样问挺没劲的。
瑞诗玛	一点也不没劲，这是我的人生嘛。我在读医学院？

本　　　这是个问句吗？

瑞诗玛　　不是问句。我在读医学院。

卡扬　　　瑞诗玛治病救人。

本　　　听见没有！咱们可不能输！

瑞诗玛　　我也不算治病救人啦。我是说，我**以前**治病救人，但现在我主要研究的是死者身上的患病组织。我正在康奈尔医学研究院轮岗，上周他们安排我在急诊室救死扶伤。不过现在我学的是病理学。

泰德　　　病理学是什么？

瑞诗玛　　就是学习疾病对人体产生的影响，所以我主要处理的是从……基本就是从死者身上取得的患病组织。

卡扬　　　瑞诗玛可能是世上唯一一个真心实意地想要回到急诊室的人。

瑞诗玛　　真的！急诊完全符合我的性格。那种工作节奏、兴奋状态、肾上腺素。而且我可能也喜欢告诉别人我的日常工作是救死扶伤。但我得承认，尽管不想说这种病态的话，可我确实喜欢研究死人。

卡扬　　　听见没有？这就是为什么我们特别合拍。

本	还是有点好笑的，哥们儿。
卡扬	谢了，本。
本	不客气。下次注意时机。
瑞诗玛	莎拉，而且我好像也像你一样有这种醍醐灌顶的时刻。
卡扬	什么醍醐灌顶？你可没跟我提过。
瑞诗玛	是没提过，就是我突然意识到，我是因为正确的原因热爱自己的工作，就像你发现自己就是单纯喜欢教数学。我前几天也发现了这点。
莎拉	发生了什么事吗？
瑞诗玛	就是有个孩子被送进来，我觉得他死于黑帮械斗之类的事件，胸口中了三枪，身上有三个清晰的弹孔。
本	通常来讲，我在吃饭的时候不想听到这样的故事，但你的故事竟然让玛苏肉变好吃了。
瑞诗玛	我在想，如果这个孩子是上周中的枪，我可能就是在急诊室见到他了。起初我觉得愧疚，好像如果我救了他……
泰德	当然。

瑞诗玛　　然后我开始觉得病理学对我来说是个多么愚蠢、多么毫无意义的轮岗。但我又意识到，如果不切开这个人的尸体——抱歉！我说得太恐怖了。

莎拉　　（屏息凝神地）不恐怖，继续。

卡扬　　（屏息凝神地）没关系。

泰德　　（屏息凝神地）是啊，别在意。

瑞诗玛　　如果不去**检查**这个人，不去了解当子弹从胃部穿过、嵌入脾脏时，人的身体会发生什么变化，我们就无法挽救下一个因为同样的情况被送进急诊室的人。而且这份工作也能使我感到亢奋！它不是在要命的急诊室里跑来跑去感受到的那种亢奋，而是觉得自己属于一个比我自身更伟大、实际上可能至关重要的事业。

本　　哈库那马塔塔[①]！

泰德　　卡扬，你说我们要不是世上最幸运的男人，那还能是什么？

本　　"那还能是什么！"

[①] 来自斯瓦希里语的谚语，意为"别担心""没问题"，因出现在1994年迪士尼动画片《狮子王》中而广为人知。

泰德　　（笑）嘿！给点面子！

本　　　我就是开个玩笑。你们都很幸运。我只是觉得有点讨人厌。

泰德　　讨人厌？怎么讨人厌了？我说什么了？

本　　　就是，莎拉讲了这样一个感人至深的故事，讲她如何帮助这些犯人学数学——莎拉，我是说你讲的故事真的很精彩——然后瑞诗玛横插一脚，讲起了她自己的英雄主义故事。这有点讨人厌。

卡扬　　本。

瑞诗玛　认真的吗？

本　　　那个时刻是属于莎拉的嘛。

莎拉　　本，那个时刻不属于我。我们只是闲聊天罢了。

本　　　哦。那就是我胡说八道了。瑞瑞，你的故事很美。

泰德　　哦！上帝啊，老兄。你吓着我了。我看不出你什么时候是开玩笑，什么时候不是。

本　　　我根本就是说着玩的。瑞诗玛会讲起自己的故事也很有道理。印度人都很争强好胜。

瑞诗玛　不好意思，你他妈再说一遍？

本　　　怎么了？你们的文化就是爱力争上游，这不是在

|||批评你，这是优点。

瑞诗玛　　这是冒犯。

本　　　　这怎么冒犯了？瑞诗玛，你SAT[①]考了多少？你得了多少分？

瑞诗玛　　我才不告诉你。

本　　　　但你记得自己得了多少分吧？

瑞诗玛　　是，我记得。

本　　　　好的。泰德，你得了多少分呢？

泰德　　　我不知道，老兄。我可不记得。

本　　　　明白了吧？（指瑞诗玛）印度人？争强好胜。（指泰德）白男？根本不记得自己SAT考了多少分。

卡扬　　　嘿，本。要不你去旁边凉快一会儿？

本　　　　我在这里也挺凉快的。我去再拿几瓶啤酒。

本走向冰箱，拿出五瓶啤酒。

瑞诗玛　　他到底有什么毛病？

[①] 即学术能力评估测试（Scholastic Assessment Test），由美国大学委员会主办，其成绩是高中生申请美国大学入学资格及奖学金的重要参考。

卡扬　　　别跟他计较了。我之后会跟他谈谈的。

瑞诗玛　　你是说在他断片儿以后谈吗？那可真管用。

本　　　　有人要来第二轮吗？泰迪？来不来？

泰德　　　我就先不了，谢谢。这瓶我还没喝完呢。

莎拉　　　我也是。

本　　　　好吧。那都是我的。

本开了第二瓶啤酒，站在冰箱边灌下肚，然后把空瓶放回了冰箱里。

莎拉　　　本，想跟我们讲讲你的电影吗？

本　　　　想呀！上周我也经历了一个醍醐灌顶的时刻。我正在拍电影，然后意识到我就是喜欢研究死尸和教小孩，这份工作是如此美妙，世界也是如此美好！

莎拉　　　哎呀，不要瞎扯。我可是真心想听你讲讲呢。

本　　　　是吗，莎拉？

莎拉　　　是呀！我猜泰德没跟你说过，我真的很喜欢电影。可能跟你喜欢的类型差不多。

泰德　　莎拉看的电影都可奇怪了。

莎拉　　是的，我的品味很怪。我不太喜欢一般影院里的那种电影。

本　　　任何在商业院线发行的电影一定都是垃圾！

莎拉　　真好笑！有时我其实也这么认为。

本　　　我一直这么认为！

莎拉　　可你是这个行业的，你比较了解。我只是个普通观众。不过我会被一些莫名其妙的东西吸引。

泰德　　先说清楚，她说的可不是色情电影之类的东西。她就是喜欢，怎么说呢？独立电影？我猜就是本拍的那种我们还没看到的电影！

莎拉　　是啊，本，我真想看看你拍的电影。虽然我觉得这么说很丢人，显得我是个不折不扣的跟踪狂，不过听说你当了电影导演后，我上网搜了你，想看看你拍过什么。但我在网上没查到。

本　　　对，我把那些东西都从网上拿掉了。因为我不喜欢键盘侠不用留名，就可以随便评论。

卡扬　　不过你获得过一些不错的评价。

本　　　确实。他说得对，莎拉，我是获得过。谢谢你，卡扬。

莎拉　所以你能把所有东西都从网上拿掉？我都不知道还可以这么做。

本　我更喜欢低调行事，这样更加纯粹。

泰德　我觉得把东西从网上拿掉是不可能的。

瑞诗玛　我以为你得和原来发表内容的 IP 地址相同才可以。

本　对，我有那些 IP 什么的。

卡扬　（为本救场）瑞诗玛也喜欢小片子。你那天跟我讲的那部，叫什么来着？

瑞诗玛　我的天，对了。你们看《失足》了吗？

莎拉　有点耳熟。是关于腿的那个吗？我在哪篇文章里见过。

瑞诗玛　对。就是主角只有一条腿，但你看到结尾才意识到这点。

本　谢谢你保留了悬念！

泰德　对，现在我们自己就不用看了！本，是不是？

瑞诗玛　但是重点就在这儿，你知不知道这件事——他的腿这件事，其实不怎么重要。因为影片讲的绝不只是这个。

泰德　　我就是开个玩笑。感觉是个有趣的片子。

本　　　是吗？

瑞诗玛　它就是关于这个男的——这个人——如何承受失去之痛。他失去的可以是一条腿，也可以是别的任何东西。这个男的也可以是任何人。这个故事像是讲述了一切，又像什么都没有讲。

莎拉　　本，你看，这就是我喜欢的那种东西。

泰德　　叫《失足》对吗？我一定去瞅瞅这部。请问有洗手间吗？

卡扬　　当然有了。

瑞诗玛　我带你去。

瑞诗玛起身带泰德离开。

莎拉　　本，那你是怎么决定要拍什么故事的呢？

泰德忽然又出现了。

泰德　　　哦，这题我会！本最近拍到一个流浪汉和狗一起在垃圾堆里捡东西吃。然后一个富婆开始大声责骂这只狗，不让它吃垃圾。是不是特别厉害？他可真是个叛逆分子。

泰德闪身进了洗手间，瑞诗玛没有立刻回到桌边，而是站在一旁查看手机。

莎拉　　　你拍到了？
本　　　　对啊，我拍到了。
莎拉　　　哇哦。我没想到你还拍纪录片呢！
本　　　　莎拉，你喜欢什么我就能拍什么。
莎拉　　　感觉这组镜头好厉害啊。这就是电影的全部意义，对吧？一百年前，在任何东西还没被拍成电影时，你只能**读**到这样的东西，虽然有意思，但不像看到的那么客观。流浪汉脸上的表情，狼吞虎咽的狗，那个恶狠狠的女人身上还有我们自己的影子。本，这就是为什么你所做的事既意义重大，又在某种意义上是离经叛道的。我很想看你拍的

　　　　　东西，如果你乐意给我们看的话。

卡扬　　哦，我感觉这段还没完全剪好，本，对吧？

本　　　不是，已经剪好了，只是无法给你看。因为我已经把它提交给几个电影节，而且只有那一份拷贝。

莎拉　　有机会的话我很想看看，我真的很想。等你拿回拷贝的时候，请给我打电话。

本　　　好的，我也许会吧。也许会吧，莎拉。

本哽咽了，突然伤感起来。

本　　　抱歉，我能否失陪一会儿？

本站起身来，摇摇晃晃地走进他的卧室，这时泰德和瑞诗玛重新出现。

瑞诗玛　他干什么呢？

卡扬　　不知道。

莎拉　　他经常这样吗？

瑞诗玛　　对。

卡扬　　　其实越来越差了，但他的本意是好的。

瑞诗玛　　他就是个混球。他没有恶意，但他是个混球。

泰德　　　我觉得幸好有我们在这里。

莎拉　　　是啊，我也这么觉得。

他们沉默地坐了一会儿。卡扬嗅了嗅空气中的味道。

卡扬　　　你们闻到了吗？

莎拉　　　嗯，闻到了。

卡扬　　　他抽麻呢。

泰德　　　我还没告诉你呢，那天我们抽麻了。就是我来这里那天。

莎拉　　　你怎么没告诉我呢？

泰德　　　我其实没有吸进去，这不是开玩笑吗？那玩意儿以前让我多紧张呀。但是我不想显得没礼貌，所以就吸了一小口，然后还给他了。

卡扬　　　我以前也会这样做，直到被他发现了，他就不给我抽了。

本　　　（台下）你们是不是在议论我？！

卡扬　　没有！本，你还好吗？

本　　　（台下）我一会儿就出来！不要议论我，好吗？

卡扬　　我们不会的。

本　　　（台下，小声嘟囔）一会儿就出来。

一阵尴尬的沉默，他们拿不准接下来该讨论什么。

泰德　　其实卡扬写过一本书。

莎拉　　真的吗？是虚构，还是非虚构？

卡扬　　非虚构。相当非虚构。经济学方面的。

瑞诗玛　是关于尼泊尔经济的，而且非常有意思、有见解。

卡扬　　我把书给泰德了。

泰德　　我前几天读过了，非常有意思。尤其是关于村民的那部分？

卡扬　　你是说部落成员？

泰德　　对，部落成员！是啊，非常有意思的东西。

卡扬　　哇，非常感谢！

瑞诗玛　你看吧，多推销推销自己很有好处。他觉得向别人求助是给人家增加负担。

泰德　　哪有，这不是什么问题。

莎拉　　永远不是负担！

泰德　　说实话，这不是我的领域，但我把书给了办公室的其他同事。你这几天需要这本书吗？

卡扬　　他们什么时候看完什么时候给我吧。或者他们想留着这本书也行。

本拿着烟斗回来了。他已经精神恍惚，步伐不稳。

本　　　有人想要叶子吗？我在放叶子的抽屉里找到了一些。

他们盯着他，不知该如何作答。

本　　　别评判我。

卡扬　　没人评判你，伙计。

卡扬起身，扶着本走到桌旁。

卡扬	咱们还是坐下吧。
本	坐,坐。我可以自己回到自己的桌旁,不需要帮助,老兄。好吗?你才是——才是需要——这是**我的**桌子——
卡扬	是,好。
瑞诗玛	嘿!有人想吃甜点吗?
卡扬	想!吃甜点啦!

他们转移到茶几旁,瑞诗玛已经摆好了一盘曲奇和切好的橙子。

瑞诗玛	喝咖啡吗?还是茶?
莎拉	好呀,那我喝茶吧。
泰德	来两杯。
莎拉	一人一杯。
泰德	对!
瑞诗玛	一人一杯!
泰德	这是古老的尼泊尔巧克力碎曲奇吗?

卡扬　　　没错,产自"恩滕曼"①山脉山麓。

泰德大笑起来。本把椅子向几人身边移动,试图吸引大家的注意。他们都转过身。

本　　　莎拉! 能见到你太他妈的好了。你知道吗? 莎拉和我以前可是朋友。也不算朋友吧,但我们关系紧密。

莎拉　　是啊,我们都是很好的朋友嘛。你、我和泰迪。

本　　　可泰迪以前是个怪小孩。

泰德　　我们都有点奇怪。

本　　　但你尤其奇怪。

泰德　　过奖。

本　　　你是不是一点儿都不了解我和泰迪,是不是,莎拉?

莎拉　　你们有些不为人知的阴暗面吗?

本　　　人人都有阴暗面。有些人只是不好意思表现出来。

泰德　　本,你究竟在说什么呀?

---

① 恩滕曼(Entenmann),美国饼干公司。

本	你知道我在说什么,老兄。
瑞诗玛	卡扬,你不管管吗?
卡扬	本,要不你去躺会儿?
本	躺哪儿?你的床上吗?
卡扬	本!
本	嘿!人人都有机会讲述自己的故事,现在轮到我了。
莎拉	好吧,他说得对。讲讲你的故事吧,本。

本吸了一口烟斗。

本	在我们十二岁的时候,泰迪和我杀了个人。
泰德	你说什么?
本	我们杀死了一个叫沃伦的无辜孩童,一个对生活可是无欲无求的孩子。
泰德	沃伦是谁?
本	现在谁也不是了,兄弟!
泰德	听起来更像电影剧本,而非现实生活,本。也许你应该把它拍成电影。
本	小泰泰,你知道我最不需要从你那里得到什么

吗？他妈的又一个电影构思！我可没有跑到你的办公室里告诉你怎么倒腾钱吧？

莎拉　　你不记得沃伦·谢波德了？就是二年级的时候那个往埃尔默头发里涂胶水弄莫西干头的。

泰德　　哦！沃伦·谢波德！那倒是，他确实死了。

本　　　现在他想起来了！

泰德　　我跟那个小孩一点也不熟。

本　　　那我猜你也不记得六年级那件事了。3月13日，刚巧是一个13号星期五，泰迪和我在上生物课。大概是上午9：15，第二节课。沃伦上课迟到了。这堂课的老师，普莱斯老师，问沃伦去了哪里，沃伦回答："你妈家。"然后泰迪笑了。估计是笑得太大声了，因为沃伦猛地转过身来，手指着泰德。你一点也想不起这件事了吗？沃伦直指着泰德说："别他妈笑我。"然后冲出了教室。

泰德　　我对这件事完全没有印象。

本　　　我以为你才是记忆力好的那个呢。

泰德　　也可能是这事儿根本没发生过。

本　　　不对，这事儿发生过，而且更糟的还在后面呢。

沃伦离开后，普莱斯老师开始继续讲课，而泰德向我靠过来，然后说了一句我永远不会忘记的话。我们善良可爱的小呀小泰迪说："沃伦可真是个混蛋。要是沃伦死了，我也不会难过。"

泰德　　我说过这话？

本　　　然后那年夏天，就在学校后面的树林里，沃伦他妈的死了。

莎拉　　我记得他是死于用药过量，对吧？

本　　　他当时在吸食油漆稀释剂。独自一个人，在学校后面的树林里。

莎拉　　没错，太可怕了。

泰德　　你把这事儿赖在我头上？

本　　　我把这事儿赖在咱们俩的头上！因为在你说要是沃伦死了，你也不会难过的时候——

泰德　　—— 我可不记得我说过这话 ——

本　　　当泰迪说"要是沃伦死了，我也不会难过"的时候，我他妈就像个奴才一样坐在那儿，一句话也没说。

莎拉　　可是你还能说什么呢？

本　　　哦，谁知道呢 —— 比如"也许要是沃伦真的死了,你会难过的。"或者"也许你刚才不应该笑话这个孩子,他显然已经痛苦不堪。他每个星期都会离家出走!他身上臭得要死是因为他不洗澡!谁也不喜欢他!他在他妈的痛苦地向别人大声疾呼——等**有个人**注意到他!等有个人他妈的跟他对个眼神,表明我们知道他还是个活人!"

大家无言以对。

本	但是,我却只是沉默地坐在那里,像个满不在乎的傻瓜。我的手上沾着鲜血。而且我知道,也许对你们俩来说,忘却那些让你们不舒服的事情是很容易的,但对我来说并不容易。
莎拉	本,这不公平。
本	哪有不公平,我记得你们俩初中的时候开始变得有点受欢迎了,沃伦对你们来说不过是个有点麻烦的小污点,对吗?就是小小的附带损害,为了他妈的脱颖而出就可以抹去的东西。
瑞诗玛	好了,你说的够多了。大家伙想换个地方吗?也

许我们可以出门去个酒吧那种不会受到人身攻击的地方。

莎拉　本，你怎么想起这个男孩了呢?

本　　重点不是这个男孩!**重点是**……重点是……人不能快快乐乐、人见人爱地过一生。好吗? 人**不能就活得这么**……**无忧无虑**，然后对自己之外的世界不闻不问!

停顿。

泰德　我们根本没有那么受欢迎!

莎拉　这不是他的重点，泰德。

泰德　那重点**是**什么? 我还是不明白这些话哪句说得通。

莎拉　别纠结了，泰德。

泰德　不行，你不能就这么得出一堆莫名其妙的结论。

本　　那我们怎么从来没再提起过这事呢，老兄?

泰德　呃——因为它他妈的根本无关紧要?

莎拉　泰德，你这可是说错话了。

泰德　不对，你就是**选择**了以这种莫名其妙的方式记住

	这件事。你什么都没做错！而且我当然也什么都没做错。
本	那你当时为什么说那种话？为什么你说"要是沃伦死了，我也不会难过"？
泰德	如果我确实说了这句话，那可能是因为我当时才十二岁！这种事谁还记得啊？
本	**我就记得！重点就在这里！这种事我还记得！**

人们再次陷入沉默。本跑进厨房，轻轻地说话。

本	卡扬，你能过来一下吗？
卡扬	来喽。
本	我是在无洞掘蟹吗？
卡扬	我不知道这个词什么意思。
本	我觉得是从一首歌里来的。
卡扬	对，我没听过。
莎拉	本，我觉得你应该喝口水。
本	我觉得自己童年不幸。
莎拉	没有的事。我那时认识你，你没有不幸。

卡扬	咱们回你房间去吧。休息一会儿。我跟你一起去。
本	你会陪着我吗？
卡扬	我跟你一起去。拉住我的手。
本	我对不起大家。
卡扬	走吧。
本	晚安，莎拉。
莎拉	晚安，本。
本	你喜欢这套房子吗？
莎拉	喜欢，这房子挺不错的。
本	这是我的房子。

本和卡扬离开，前往卧室。

瑞诗玛	好吧，才他妈的刚8：30。我不想回家。咱们去哪儿呢？
莎拉	不知道，也许我们应该回家了。泰迪？
泰德	你们决定吧。我今晚不想再跟人吵架了。
瑞诗玛	这一周我都在医院，我可不想今晚还要待在一个死气沉沉的地方。

莎拉　　　也许我们应该留下。你们觉得他还好吗?

瑞诗玛　　这位姐,你怎么还没被你的学生吃干抹净?

泰德　　　她心太软了,我总这么跟她说。

莎拉　　　那好吧,也许我还可以再喝一杯。

瑞诗玛　　或者再喝一瓶。你们下楼去吧。等我哦。叫个车。

瑞诗玛打开房门,把他们推了出去。这时卡扬再次进来。

瑞诗玛　　班迪,快点,我们要出门了。

卡扬　　　我觉得我应该留下来。

瑞诗玛　　我觉得你绝对不应该。

卡扬　　　我应该洗碗。

瑞诗玛离开。卡扬环顾四周。他从餐桌上拿起几个盘子放入水池。他转身要回到桌边,停步,看向大门,然后又回头看了看本的卧室门。

卡扬走向大门,抓起钥匙,关灯,离开。灯光暗。

第二幕

第一场

一周后。

灯光渐亮,投影仪投射出下述电影原始素材片段。

一位衣着考究的花甲妇人正在呵斥一只小狗。她说:"巴克斯特,不可以! 咱们可不吃垃圾。"

本在画面外说:"再来一遍。再生气一点儿。"

那妇人说:"别吃了,巴克斯特!"本说:"更生气!"

妇人用拙劣的演技怒不可遏地说道:"巴克斯特,**不可以!** 咱们可不吃垃圾!"

本在镜头外说:"很好!卡!"

灯光全亮,本坐在沙发上,边用笔记本电脑剪辑这个场景,边喝"红牛"。

他把这段素材拉到开头,又播放了一遍。他剪掉了前两组镜头,并播放了最后一组。接着,他调出了另一组镜头:

摄影机斜拍一只在垃圾堆里找食吃的狗。这是一组看起来非常业余的特写镜头,对准了在奋力啃咬垃圾袋的狗。我们听到本在画面外对狗大喊大叫:

"撕!使劲儿撕!能来个人把它的鼻子再往里推推吗?"镜头外,有人把狗鼻子按进垃圾袋里。本说:"很好,完美!卡!"

本坐在沙发上灌了一大口"红牛",然后深吸一口气,露出满意的神情。

本听到了钥匙开门的声响,于是合上电脑,跑下台,跑进他的卧室。

门开了,卡扬、瑞诗玛、泰德和莎拉登场。他们有说有笑,显出醉态。

莎拉　　　那天我看到一只狗,是只柯利牧羊犬。但奇怪的是,就像普通柯利犬……
泰德　　　嗯……难以置信,竟然不是边牧!

他们为这个梗狂笑起来。

莎拉　　　你怎么知道我要这么说?
泰德　　　(滑稽地模仿魔鬼的声音)我无所不知!
瑞诗玛　　我以为你要说"难以置信,竟然不是种畜"!
莎拉　　　那又是什么意思?
瑞诗玛　　我也不知道。我本来想说"难以置信,竟然没有更酷"!

他们又笑起来。

泰德　　　等一下,咱们需要小声点儿吗?

瑞诗玛　　本在家吗?

卡扬　　　我去看看。

瑞诗玛　　他要是在的话,我就先溜了。

莎拉　　　我会跟他打个招呼的。

卡扬　　　其实过去几天他表现不错。

莎拉　　　什么意思?

卡扬　　　你们上周来过之后,他开始做起了某个项目,从此就像完全换了个人一样。

本走出卧室,他的心情很好。

本　　　　混球们,南无斯特!

泰德　　　我们把你吵醒了吗?

本　　　　开什么玩笑? 我今晚一直在埋头苦干。

瑞诗玛　　你真的在工作吗?

本	是的，瑞诗玛，我在工作。我周末也不休息，不像某些人。
卡扬	那我们现在可以在这儿待着吗？我们打扰你了吗？
本	没有的事，我还希望你们能回来呢！说真的，我不介意。我也应该休息一下了。
莎拉	你确定？时间已经很晚了。
瑞诗玛	我知道已经快到早上了。难以置信，竟然还没日出。

大伙儿狂笑！

本	什么东西这么好笑？
瑞诗玛	没事，蠢爆了。
泰德	本，我们从 PJ 给你带了吃的回来。
本	太好了，谢谢！你们带的什么？
泰德	一个素汉堡。
莎拉	卡扬说你喜欢他们家的素汉堡。
本	完美，我确实喜欢。谢谢大家。

泰德走向冰箱，拿出了尼泊尔啤酒。

泰德　　　本，喝啤酒吗？

本　　　　不用了，谢谢。我工作的时候尽量不喝酒。

卡扬　　　你今晚一直在剪片子吗？

本　　　　是的，先生。实际上我有了很大进展。重新开始工作的感觉非常爽！在生活中创作！

泰德　　　好厉害啊。"导演工作现场"！

莎拉　　　你在家就能剪辑也太酷了吧。我喜欢这个啤酒，但是我记得它没有这么甜。难以置信，竟然不怎么苦。

他们再次狂笑起来！泰德跑向水池，将啤酒喷了出来。

本　　　　你们笑什么呢？

泰德　　　咱能不能告诉他啊？

瑞诗玛　　如果我们努力给你解释的话就太傻了。

本　　　　洗耳恭听。

莎拉　　　真的太傻了!

泰德　　　不傻不傻，很好笑的。

莎拉　　　好吧。就是卡扬从没听说过那个"难以置信，竟然不是黄油"①。

卡扬　　　难以置信，我竟然没听说过。

他们又笑了。

莎拉　　　所以我们开始想其他类似的句子——到底是怎么开始的来着?

瑞诗玛　　我也不记得具体怎么回事，但是我们都开始用"难以置信，竟然不是黄油"这样的句子做结，但对句子做一点点改动。比如有个人尿血，去看医生，医生说:"你的肾脏感染了。"于是这个人说:"我是尿血了。但你确定这是肾脏感染? 难以置信，竟然不是膀胱的缘故。"

本　　　　啊，我懂了。

---

① "I Can't Believe It's Not Butter!"，一种黄油代替品的品名。

卡扬	这是比较有创意的一个了。
泰德	瑞瑞,接得好!
莎拉	然后泰德还说了一个,他解释了以后大家才听懂。
本	最好的笑话都需要解释。
莎拉	泰迪,我也爱你,但你需要升级一下你的幽默感,亲爱的。
泰德	我也爱你。我讲的什么来着?
瑞诗玛	你别装不记得了。
泰德	好吧。我记得是,"你听说过有个人想假装自己是小卡尔·瑞普肯①,结果怎么样了?他偷偷跑进球场,抓起一根球棍。然后他挥出球棍,却一个球都没有打到。这时裁判打量了一下这个人,发现不是卡尔·瑞普肯,于是他说:'难以置信,竟然不是正主。'"我知道,这一点也不好笑。
莎拉	本,听见没有?傻死了。

本兴致盎然地站起身。

---

① 小卡尔·瑞普肯(Cal Ripken, Jr.),美国职业棒球手,昵称"铁人"。

本	不,一点也不傻。实际上,这让我想起了一个故事,一个关于"难以置信,竟然不是黄油"的故事。
莎拉	哦,真的吗?
泰德	快讲!
卡扬	本,你可是我的幽默导师,最好不要丢我的人。
本	好嘞。有个男的,他生活在无性婚姻之中,为此尝试了各种方法。夫妻咨询、吃药、用性玩具,哪个也不管用。
瑞诗玛	呕。
本	嘿,听我讲完。有一天,他走进自己的后院,发现有一台时光机。
卡扬	我已经开始喜欢这个故事了。
本	于是他决定回到过去,回到卖淫还合法的年代,因为他不想犯法,但又极其渴求肢体接触。
泰德	当然。
莎拉	怎么就"当然"了?
本	所以他把时间设定在内战时期,因为他猜测战争

		期间卖淫活动可能十分猖獗。但是就在他要按下红色大按钮回到过去的时候，他跑回家里，一把抓走了老婆的钻石耳钉。
莎拉	他为什么要拿耳钉呢？
本	你会知道的，请静待分晓。这个人回到了1862年。他走出时光机，躲避着枪林弹雨和种族主义。这时他发现了一个酒吧，他问酒保："你们这里的汉子都在哪里泡妞？"酒保是个腰间别着猎枪、头发灰白的老头，他答道："楼上就是妓院。"于是这个人就点名要妓院里最漂亮的女人，还说："钱不是问题。"酒保就让他进了玛丽·陶德的房间——
瑞诗玛	等一下，不好意思。这个妓女叫玛丽·陶德？
本	是的。
瑞诗玛	林肯的老婆也叫这个。
本	当时流行叫这个名字嘛。但这不是同一个妞儿，她是个雏儿。
莎拉	哦，可不是嘛！玛丽·陶德，1862年的雏妓！
本	没错。

瑞诗玛	这故事还没完没了了？
本	有人对贝多芬说过他的《第九交响曲》没完没了吗？瑞诗玛，你眼前可站着一个讲故事的大师。
瑞诗玛	好吧，继续。
泰德	对啊，我想知道玛小陶后来怎么样了！
本	这个男的上了楼，和玛丽·陶德做了爱。这是一场美妙的性爱，他们在尖叫中同时到达高潮。
莎拉	本，你可真浪漫。
本	莎拉，过奖了。这个男的穿好衣服，回到楼下的吧台结账。那个头发灰白的老酒保说："给玛丽·陶德破处一件？四十五美元。"可是这个男的只有现代纸币，在1862年它们如同废纸，所以他掏出了——莎拉！他掏出了什么？
莎拉	哦！耳钉！
本	他老婆的钻石耳钉！他掏出耳钉放在了吧台上。可是酒保说："我看这可不像四十五块钱。"于是这个人说："不能拿这个兑换性服务吗？"而酒保说："只收现金。不能兑换。"这个男的说："那我觉得我付不了了。"结果这个酒保暴跳如雷。他抄

起猎枪，枪口对着这个男的，说道："玛丽·陶德是我女儿。你给她破了处，却连钱都交不出来。现在你死定了。有什么遗言吗？"这个男的想了想，然后说："有。在家里，我的婚姻索然无味，毫无性生活可言。我真的以为自己可以回到1862年，然后用这对耳钉兑换和玛丽·陶德这样的美女共度良宵的机会。但是我真的没想到你们只收纸币。你可以尽管说我跟不上时代，不过在你杀掉我之前，我必须坦白自己对这个经济系统的想法：难以置信，竟然不是以物易物！"

大家一阵爆笑。

卡扬	女士们、先生们，这就是我的室友！我的室友！我的人生教练！幽默导师！
瑞诗玛	本，你是个性别歧视的猪头，但我为之前每一次骂你傻瓜而道歉。
本	你从来没骂过我傻瓜。
瑞诗玛	每次见到你，我都在脑子里骂你傻瓜。

本　　　　哎哟!

瑞诗玛　　我要尿尿。大家继续!

瑞诗玛离开,去洗手间。

莎拉　　本,你他妈可太有才了!

泰德　　难以置信,竟然不是**以物易物**! 说真的,你怎么不去说单口喜剧呢?

本　　　　我不知道。

泰德　　可你好好笑啊! 世上有几个人是**确确实实**好笑的呢?

本　　　　可能有十几个吧。

泰德　　看到没有? 连**这句话**都很好笑! 你肯定能去演单口。

莎拉　　泰迪,就算有个人很好笑,也不意味着他要立马跑去拿这个赚钱。

泰德　　是,但他是艺术行业的啊。我只是在琢磨他还能做什么。

本　　　　其实我对我现在做的事情还挺满意的。

泰德	我知道。我就是想说……
卡扬	你在做什么呢？可以给我们提前瞅一眼吗？
本	哦，我也想啊。我就是觉得还没搞好呢。
莎拉	那到时候你得邀请我们参加你的首映式。
本	其实吧，莎拉，我正在剪你说你想看的那个场景。多巧啊。还记得你说你对我拍的那段流浪汉和狗一起在垃圾堆中吃东西的场景很感兴趣吗？
莎拉	记得！我很想看看那段，不过我记得你说你把它送去电影节了什么的？
本	哦，是。之前是，但是我把它拿回来了，现在正在重剪。
卡扬	本，你确定你最近剪的是那个场景吗？
本	对啊，效果还挺不错呢！
卡扬	那具体来讲，你是怎么剪辑那个特定场景的呢？
本	呃……用我拍摄的片段？
卡扬	(迷惑不解)有意思。
本	是啊，是很有意思。我又剪掉了一些镜头，因为不想过分强调那个富婆有多么声色俱厉。在之前送走的那个版本里，她显得有点儿太愤怒了。

莎拉	是啊，我猜就算在纪录片里，你也在塑造现实。
本	什么意思？
莎拉	特定场景的取景、剪辑、语境吧，你总是在通过自己的视角塑造它。
本	没错。我觉得我明天就能剪完，要是你想下课后过来看看的话。
莎拉	哦！好啊，我们应该有空。泰迪？
泰德	我不行——下班后卡扬要来办公室面试。我其实要晚点到家。
卡扬	泰德成功让他们把我塞进加班时间了。
泰德	我动了点小手脚。
本	那就是咱们俩了。
莎拉	对。好，没问题。
本	也许你能给我提点儿建议，甚至帮我一起做什么的。
莎拉	你想让我帮你？
本	想啊，我非常需要一些全新的视角！
泰德	我没跟你说他要面试的事？
莎拉	没说啊。他要跟谁面试？

卡扬　　　一个叫迈克尔·巴伦的?

本　　　（对卡扬）太棒了,老兄。（对莎拉）那我们明天见!

莎拉　　　好的,当然啦! 明天见。（对卡扬）迈克是个好人。他会喜欢你的。

卡扬　　　但愿如此。

莎拉　　　他就是个傻缺。

卡扬　　　傻缺都爱我。

莎拉　　　我想说的是,你又优秀又有趣,而他就是个靠裙带关系随波逐流的肌肉男。

泰德　　　要是卡扬也利用裙带关系,他现在可能在尼泊尔的某片田野里种萝卜。

卡扬　　　嘿! 我爸种的不是萝卜!

泰德　　　不是吗? 那种的是什么?

卡扬　　　好吧,他就是种萝卜的。

瑞诗玛从洗手间出来,重新出现。

瑞诗玛　　你可没跟我说你明天要面试。

泰德　　　（唱着说道）她 —— 回 —— 来 —— 啦!

卡扬	我没跟你说吗？
瑞诗玛	你做准备了吗？
泰德	他什么也不需要准备。
莎拉	迈克可能面试全程都在玩在线纸牌，卡扬不会有问题的。
瑞诗玛	不是，我是说我们今晚一直在外面喝酒，我就是觉得这不是最佳的备战状态。
泰德	对，卡扬，明天面试的时候别说你今晚出去喝酒了。
瑞诗玛	可能是我太严格了，我只是希望你能更好地表现。这个面试很重要。他看你的书了吗？
卡扬	估计我明天就能知道了。
瑞诗玛	怎么了？我就是想让他尽力而为。他从来不提要求，却是为数不多确实值得更好的人。
泰德	他没问题的。
瑞诗玛	是我太烦人了吗？
卡扬	没有，完全没有。
瑞诗玛	我来问问莎拉。是我太烦人了吗？
莎拉	嗯……有那么一丢丢。

瑞诗玛　　谢谢！看见没？我就是需要有人跟我说实话。

莎拉　　　卡扬的光临会使那个破地方蓬荜生辉。相信我，他没问题的。

瑞诗玛　　抱歉，宝贝儿。(亲吻卡扬)但是如果你没被录用，就可以把我的电话删了。

本　　　　嗷！

卡扬　　　等等，真的吗？

莎拉　　　好吧，现在你是真的很烦人了。

瑞诗玛　　我是开玩笑的！大部分是。

泰德　　　本，来嘛！来瓶啤酒。

莎拉　　　庆祝你的新片和卡扬的新工作。

卡扬　　　新工作**面试**。就是个面试而已啦！

莎拉　　　好吧！庆祝你的新片和卡扬的新工作**面试**！

本　　　　好吧！去他的！给我来瓶啤酒！

泰德从冰箱里拿了瓶啤酒抛给本。

莎拉　　　本！作为"难以置信，竟然不是黄油"大赛毫无疑问的冠军，来给我们说一段尼泊尔祝酒词吧。

本 好吧，好吧！敬那些此刻喝不到这美味的尼泊尔啤酒的人。敬那些生命中没有人爱，也不爱他人的人。敬那些没有创造性的事业也没有职业追求来丰富生活、帮助他们每天早上从床上爬起来的人。敬我们之外的所有人：我很抱歉。

众人碰杯。

关灯。

第二场

过场,本欢欣雀跃地准备给莎拉放电影。他将一袋爆米花扔进微波炉。在爆米花加热并发出脆响的时候,他开始为她的到来布置房间:

他摆好了椅子,搬来了临时的软凳。他打扫了公寓,在桌上放了一小束花。

最后,他把一大碗微波出炉的爆米花和一杯姜汁汽水放在桌子上。莎拉进门坐下。本开始播放影片:

就在流浪汉从垃圾堆中捡拾食物时,一只叫巴克斯特的狗跑过来,和他从同一个垃圾袋里一起吃。一位富婆走近他们。

她尖叫道:"巴克斯特,不可以!咱们可不吃垃圾!"切入特写镜头,狗在撕咬垃圾袋。女人一把抱走了狗。镜头切至流浪汉,他悲伤地看着小狗离去的背影。流浪汉明显是演员演的。

本紧张地看着莎拉。莎拉的表情难以看出情绪,她也没有动桌上的爆米花。

切至远镜头,女人怒气冲冲地走远了。切回流浪汉,他皱了皱眉,咬了一口从垃圾桶里捡到的甜甜圈。这个场景显然是人为搭建的,而且手法业余。

低劣的变焦放大镜头对准了流浪汉悲伤的面庞,影片在渐隐中结束。

黑屏。本跑去开灯。莎拉满脸困惑。

本　　这是个粗剪版本。我还在对狗出现的一些部分删删改改。我觉得有点儿过了,但是现在的人们什么都想看,不能拍得太微妙,某些方面来讲这真不是件好事。

莎拉　　嗯……

本　　　你觉得她是不是太凶了？我还在纠结到底谁是我们的主角。主角不能太凶，但如果他们太完美，就没有什么发展空间了。你说是吧？

莎拉　　（小心翼翼地）我不觉得她太凶了。

本　　　太好了！我就是需要一个女人的视角。我太专注于每个瞬间的细枝末节了，很容易失去宏观的眼光。

莎拉　　她看着挺好的。

本　　　但是她足够有争议性，足以让你想接着看下去，对吧？

莎拉　　嗯。

本　　　好嘞，我也是这么想的。好比说，"她就是个婊子，但没准儿她能改。"我觉得最有意思的角色在一开始都很不怎么讨人喜欢，所以我觉得她更像查尔斯·福斯特·凯恩[①]，而不是乔

---

① 查尔斯·福斯特·凯恩（Charles Foster Kane），电影《公民凯恩》（*Citizen Kane*）的主角。

治·贝利[1],这点我还挺满意的。汽水好喝吗?

莎拉　什么?

本　我不知道你爱不爱喝汽水,所以就买了姜汁汽水,它好像是个不错的折中之选。

莎拉　哦,谢谢。不要紧。我能问你个问题吗?

本　你想问什么都可以。

莎拉　这个真的是你拍的吗?

本　是呀,不过是一段时间以前拍的了,现在再回头看感觉挺奇怪的。

莎拉　不是,我的意思是,这是真实发生过的事情吗?

本　是啊,就在十七街。

莎拉　我以为你说你拍的是纪录片。

本　是啊。

莎拉　那你是怎么拍到这些镜头的呢?

本　什么意思?

莎拉　我的意思是,如果这是个纪录片的话,你又是怎么拍到狗和流浪汉的特写镜头的呢?

---

[1] 乔治·贝利(George Bailey),电影《生活多美好》(*It's a Wonderful Life*)的主角。

本	我进行了一些艺术上的自由发挥。
莎拉	所以你编造了这个场景,却告诉我它是真实的。
本	你是说我在骗你吗?
莎拉	我不知道。你是在骗我吗?
本	它更像是类型的混合。
莎拉	你为什么要说这个瞎话呢?
本	事情到底是不是真实发生过的又有什么区别呢?它在某个地方还是存在的,不管是在我的脑海里还是在马路上,它或多或少都是真实的。
莎拉	本,不是这么回事。你暗示自己在街上偶然碰到了这个场景,还把它拍了下来,现在你告诉我你没有这么做过。你为什么要那么说呢?
本	因为我想让你对我刮目相看。
莎拉	哦。
本	嗯。
莎拉	我没意识到这点。
本	你对我刮目相看了吗?
莎拉	我觉得如果你确实拍到了这个真实场景,我会对你刮目相看的。

本	为什么？
莎拉	不知道。可能因为你当时是这么描述的，而你对我的欺骗让我感到有些不舒服。
本	我让你感到不舒服了？
莎拉	不要曲解我说的话。
本	你愿意通过某种方式跟我合作吗？
莎拉	什么方式？
本	我不知道。比如我们可以一起把它变得更真实，之类的吧。
莎拉	本，我隐约觉得你辜负了我。我现在觉得自己有点傻。
本	不要这么想。我是为你才这么做的！你说你想看，我就跑出去为你拍出来了呀。
莎拉	所以你跟泰迪说你在街上拍到这个片段的时候，其实根本什么都没拍过？
本	对啊。我是不是特别暖心？
莎拉	不是。但是你知道为什么这么做不暖心吗？这么做不公平，就好比你抄了个不能抄的近道。
本	我为什么就不能抄近道呢？

莎拉	因为这么做是不诚实的。如果所有人都抄近道的话,世界就会变得乱七八糟。
本	世界本来就乱七八糟!
莎拉	也许你的世界如此,但我的世界不是。说实话,为保持自己的世界井然有序,我做出了很多努力。
本	好吧,让我来解释一下到底是怎么回事。
莎拉	好,你说吧。
本	我……太难开口了。我遇到了一些困难,无法起步。无法让我的人生起步。
莎拉	我知道。
本	你知道?
莎拉	你说你把网上关于自己的东西都删了。
本	那其实是真的。
莎拉	是吗?
本	不是,那也是瞎说。但真相是,莎拉,我在一大堆事情上都遇到了困难。上周在晚饭上见到你时,一切都开始变得,我不知道,变得再次**充满了可能**。
莎拉	我很高兴你这么觉得,但这种感觉跟我这个人的

	关系可能没有你想象的那么大。
本	不对,一切都跟你有关。
莎拉	这就不可能了。你明白为什么不可能吗?
本	你还记得我吗?
莎拉	什么意思?
本	比如你还记得我们上学时的事吗?我以前总是想着你。你还记得我吗?
莎拉	我当然记得你了。
本	你记得什么呢?我是个有意思的人吗?我好笑吗?
莎拉	你是挺好笑的。
本	我做过什么好笑的事吗?
莎拉	做过啊,有件事我永远忘不了,我还跟泰迪说起呢。我记得是三年级吧,托马斯老师说了句:"本哪,如果我把不好好写作业的同学列个名单,你肯定是榜上第一名。"
本	我回了什么好笑的话吗?
莎拉	没有丝毫迟疑!你问:"有奖品吗?"
本	我这么说的?

莎拉	是啊，简直胆大包天，但非常好笑。我到现在还记得。
本	但是我做过什么**有意思**的事吗？
莎拉	有意思的事？比如呢？
本	比如我做过什么令人难忘的事吗？除了跟老师顶嘴以外。
莎拉	我不知道你想听我说什么事。**我**就做过什么有意思的事吗？
本	每天都有。
莎拉	真的？比如什么？
本	比如你在雷诺兹老师期中考试那天给每个人都带了新的铅笔。
莎拉	对哦！你怎么这都记得？
本	因为你说你给大家带铅笔是为了祝大家考试好运，多好啊。
莎拉	但那次全班不是有一半的人都没及格吗？
本	是啊，不过也许如果你没有带铅笔来的话，可能全班人都不及格了呢。
莎拉	也许吧。

本	还有就是，在别的啦啦队员决定每次主场比赛都穿短裙时，你开始穿那条橘黄色的厚毛裤，那条裤子好像能一直提到肚子以上。
莎拉	我的天哪！这你又是怎么知道的？
本	因为我以前觉得啦啦队员都是辣妹，但当我看到你穿着你奶奶的衣服悄悄地对那群"绿茶"表示抗议时，我觉得你特别棒。
莎拉	我甚至觉得我当时根本不知道自己在干什么。
本	但我知道。不过你那时喜欢我吗？小孩子都是怎么看待彼此的呢？
莎拉	喜欢呀，我觉得你很厉害，说不清楚。我觉得小孩子不怎么用那种眼光看待彼此吧。
本	我就用那种目光。看待你。

停顿。

莎拉	本，别瞎说了。
本	莎拉。我觉得我爱你。我觉得我无法爱上其他人。
莎拉	本，我要结婚了。

本	我知道。我就是在告诉你我的感觉。
莎拉	我料到你可能有这种感觉。
本	很明显吗?
莎拉	有点吧。
本	泰德知道我们之间的事吗?
莎拉	不知道,泰迪不是个多疑的人。他不这么看问题。
本	抱歉。
莎拉	有这种感觉也没什么问题,能对我说出来也很暖心。但如果你能对其他人产生这种感觉,对一个可以正确地回应你的爱的人,也许会更好。
本	可是我觉得我不能。
莎拉	你可以的。
本	这很难描述。有很长一段时间了……莎拉,你是这个世界上我唯一了解的人。
莎拉	本,我们都十年没见了。
本	但是我五岁就爱上你了!我在还不知道什么是爱情的时候就已经爱上你了!
莎拉	我不知道你是怎么看待我的,但感觉不怎么真实。你懂我的意思吗?

本　　我小的时候做过一个关于你的梦。我可以讲讲这个梦里发生了什么吗?

莎拉　我会想听吗?

本　　我需要告诉你。你在和我做一件……非常亲密的事。

莎拉　是个春梦吗?

本　　不只是春梦。是件非常奇怪的事。

莎拉　你觉得你需要告诉我?

本　　是,你就让我说吧! 我们在帕内斯老师的教室里! 我把课桌都推到墙边,在地板上铺满了报纸,你浑身赤裸,不好意思,可是你浑身赤裸——

莎拉　没事。

本　　我也浑身赤裸,所以也不是特别奇怪。

莎拉　你穿着衣服也没关系。

本　　可我没穿衣服! 我们都处于很脆弱的状态。但是我更脆弱,因为你站在我的上方,跨过我的脸,然后……我还能讲吗?

莎拉　讲什么?

本	你在我脸上拉屎。
莎拉	哦。
本	而且不是那种完美的、完整的一截一截的粪便，而是烂乎乎的，有点软，有时还是稀的，就这么流进我的眼睛里、嘴里，沾在我的脖子上，滑溜溜的，我一动头就可以感觉到。我仰视着你，看着粪便从你的身体里涌出，一切都是那么温柔，那么真实，那么美好。我就这么沐浴着你。
莎拉	本我不觉得——
本	不！这是美的。我把它们从脸上抹掉，抹在自己的身上。抹遍全身。我想沉浸其中。而你没有丝毫停歇，仿佛拉屎是一个只要你想做就可以一直进行下去的活动。你给我的屎正好是我可以应付的量，不多不少。我把它们抹在自己的大腿上，抹在自己的胸口和阴茎上。我勃起了，却不知道如何处理。我只是清楚地知道热血在我的全身各处涌动，在那个梦里，我感觉比过去的二十年都要鲜活。
莎拉	你为什么要给我讲这个？

本　　　因为它让我更爱你了。

莎拉　　本，这个信息量太大了。

本　　　我恶心到你了吗？

莎拉　　没有，我不知道。这很悲哀。

本　　　是吗？

莎拉　　是啊，不过也挺好的。

本　　　就**是**挺好的！泰德做过这样的梦吗？

莎拉　　我觉得就算做过，他也不会告诉我。

本　　　那就嫁给**我**吧，莎拉！你怎么会不喜欢我呢？我多有意思啊！我爱看电影，和你一样。我懂艺术，也懂抑郁，我和来自各种地方的人都能愉快相处，我听说唱，而且我很难被定义！嫁给我吧！

莎拉　　本，我喜欢你，但我跟泰迪结婚不是因为他很有意思。

本　　　显而易见。

莎拉　　我跟他结婚，是因为我爱他。

本　　　但那他妈的又是什么意思呢？你怎么就不能爱我呢？一切随缘！你爱他，你爱我，你爱披头士，你恨披头士。都他妈就是随缘！

莎拉	但这不只是共同爱好。如果我想找个和我有共同爱好的,那我早跟珍妮·格林菲尔德结婚了。你记得她吗?
本	我们一起上生物课。她说话大舌头。
莎拉	但是我们的爱好完全一致。我和泰德结婚,是因为他以成年人的方式回馈我对他的爱。他能照顾我。
本	你觉得我不能照顾你?
莎拉	我不知道。也许你能,但我已经订婚了。
本	但你也可以走呀!每次有人一开始聊体育,我就走神。很容易的。
莎拉	还挺可爱。
本	你真可爱。
莎拉	谢谢。
本	你很美,我觉得。
莎拉	谢谢你,本。

他倾身枕在她的大腿上。她愣住了。

莎拉　　我现在要走了,好吧?

本　　　好。

莎拉　　我想让你先坐起来。

他还是躺着。

莎拉　　你得坐起来。

他一动不动。

莎拉　　本杰明。起来。

他坐起来,目光躲闪。

本　　　没有人叫我这个名字了。

莎拉　　没关系。

本　　　我应该凑过去吻你吗? 我不知道现在什么情况。

莎拉　　本杰明。

本　　　我们这是什么情况? 到那种时刻了吗?

莎拉　　没有。

本　　　你确定吗？也许我凑过去吻你，你记起这个我凑过去的时刻，然后一切都改变了。求求你告诉我吧！

莎拉　　不是这么回事。

本　　　是因为我问了你，所以破坏了气氛吗？

莎拉　　不是，不是因为这个。

本　　　对不起，电影的事我骗了你。

本凑过去吻她，她躲开了。

莎拉　　请你不要这样。

本　　　我也爱你。

他再次靠近。

莎拉　　请你停下。

本　　　快说呀，我也爱你。

莎拉　　好了，我得走了。

本　　　我也爱你！

莎拉　　你在操控我的感情。

本　　　而你是个婊子。

莎拉　　不要叫我婊子！

本　　　对不起，我不是故意的。

莎拉想把她的杯子放进水池。本欲从她手中把杯子夺走。

本　　　不要！求你别走！电影的事我不是故意骗你的！

莎拉　　你不能以为自己可以跟别人说了这种胡话，别人还能毫无反应。你不能以为我还可以坐在这里而不感到……

本　　　感到什么？

莎拉　　不知道！你说得太多了！

本　　　但这些都是好话啊！

莎拉　　说好话不等于做好事！

本　　　为什么呢？

莎拉　　因为这样很自私！告诉别人那种东西，别人却没有任何回应的立场,这种行为很自私。而你根本意识不到这个问题,这就更让人生气了——

本　　　我的本意不是自私的!

莎拉　　祝你拍摄顺利。

他把手伸向杯子。她不给他,他从她手中抢走,回手砸向墙壁。杯子碎了,姜汁汽水流得到处都是。

莎拉　　本!

本　　　莎拉!别走!莎拉!

本试图挡住门。他戳在门前,但莎拉溜了出去。本重重地拍上门。他又把门打开,再次气急败坏地甩上。

灯光渐暗。在微弱的光线中,本在公寓里踱步。他点起一根大麻烟,从冰箱里拿了一瓶啤酒,然后坐在沙发上。

第三场

在昏暗的灯光中,卡扬上台。他身着西装,但领带已经解开。他将公文包和书扔到沙发上,然后坐在本的旁边。

灯光渐亮。两个男生忧郁地并排而坐。

卡扬　　他问我对五年后有什么愿景,我说如果能在他手下工作五年,我会倍感荣幸。然后他说他对我的回答很失望,因为他想要的员工是想在五年后坐上**他**的职位的那种人。他说他想要残酷的、饥渴的人,而我没有垂涎他的职位是对他的不尊重。于是我说我想要他的职位,但不想臆测我可以得到它,也不想暗示在他手下干活时我会盯着他的位子,并因此冒犯他。然后他说这样回答也是错误的,原因有两个:它说明我是不诚实的,还缺乏动力。他感谢我的到来，并祝我在**印度**工作顺利。然后他把我的书还给我，全程没有提到一句关于书的事情，而且我还没走出门他就开始打电话。

本 泰德在场吗？

卡扬 刚开始的时候在，当时气氛很好，泰德和迈克尔胡闹了一会儿，也没有冷落我，泰德还跟他说我肯定会很优秀。但是后来迈克尔请他给我们两个一点私人空间。泰德一走，这人就变坏了。

本 泰德真不应该把你一个人留在那里。他有时真的很混蛋。

卡扬 简直就像一场恶心的心理游戏，我无论怎么回答都不对。

本 老兄我可真抱歉。

卡扬 咱们俩。唉。因为他妈的某种不公平的宇宙原因同时备受排挤。

本 就好像世界想把我们饿死，但又一直扔面包屑给我们，让我们活得够长，足以体会饥饿。

卡扬 瑞诗玛一会儿过来。我不知道怎么跟她说。她一

	直给我打电话。
本	某些时候，女人都是混蛋。我们越早意识到这点，就能越早摆脱这群操控人心的婊子。
卡扬	看来跟莎拉进行得不顺利？
本	你想来点叶子吗？
卡扬	也许吧。
本	给你。劲儿不是很足，别担心。

卡扬接过卷烟，但没有抽。

卡扬	她来看你的电影了吗？
本	谁啊？
卡扬	莎拉啊。她不是来看你的电影了吗？
本	哦，对，可能来了吧。
卡扬	怎么样？
本	伙计，你要是光看不抽的话就给我。
卡扬	哦，抱歉。

本从卡扬手中接过卷烟，猛吸了一口。

本	所以，对，莎拉。她很看好我的电影。
卡扬	真的？
本	是啊，棒极了。她给了我很多帮助。
卡扬	她没发现是你摆拍的？
本	我跟她实话实说了——我们的友谊非常真诚——她觉得这样反而更有意思，因为她说有点像是类型的杂糅，这种说法就很酷。所以她以后可能会经常来家里，跟我合作这个项目，她说她想开始合作，和泰德在一起这么久之后重新开始在生活中进行一些创造性的工作。所以我希望你不要介意她总是出现在这里，我们就是私下一起玩，一起剪我的电影。我希望你别介意。
卡扬	不会，没问题。我为你的顺利进展感到高兴。
本	是啊，是很不错，我就是觉得只要你一心一意地做某件事，你就什么都能办成。
卡扬	真的？你不认为有些因素是在你的掌控之外的吗？
本	比如你得不到那份工作是因为你来自尼泊尔？

卡扬	或者比如你家有足够的钱供你做这件基本就是个爱好的事。
本	不啊，我觉得如果你持之以恒，好事就会发生。而且就你的情况而言，我觉得这可能是你的优势，因为他们会为了减轻自己的愧疚或达到某种指标而雇佣你。
卡扬	你真的这么想？
本	对，我觉得种族是个用来藏身的便捷借口，但它只会伤害你。
卡扬	本，你这话真的很难听。
本	我知道这话现在听着难听，但你越早接受自己的身份之类的，就会越开心。我是在帮你。
卡扬	我不知道现在是什么情况，但我觉得你在攻击我。要是你打算攻击我，能请你跟我直说吗？
本	没那回事儿。我现在状态特别好，莎拉的事和我的事业都是如此，所以我感觉自己有立场帮助身边运气更差的朋友们。
卡扬	你的一切能够如此神奇迅速地走向圆满，我真为你感到高兴，但现在我自己感觉相当不好，所以

我想听到的是安慰的话语，不是严酷的建议。

本 坏了。

卡扬 怎么了？

本 就是，我不知道。现在可能不是跟你说这个的最佳时机，兄弟，但我觉你也许应该开始交点儿房租了。

卡扬 是的，本，现在绝对不是跟我说这个的最佳时机。

本 就是，在现实世界里之类的，事情也不总是在最佳时机发生嘛。

卡扬 "在现实世界里之类的"？你这人怎么回事？

本 没怎么，就是，现在我的事情都进展得不错嘛，我不应该还像个自私的小孩子了。莎拉指出让你在这里白住其实对我们两个都有害，因为我在纵容你。

卡扬 本，五个月来我都想交房租给你，我把钱藏在各种犄角旮旯——你的药箱里、你的相机包里——可你总是把钱打回到我的账户中。

本 我觉得如果你真的想付房租给我，你总能找到法子。机会主义可不适合你，班迪。你白住在——

卡扬	在你爸给你买的房子里！你是多么渴望和一个不会质疑你的人住在一起。你怎么现在提起这件事了？
本	可能是因为你没拿到这份工作，我就有点儿担心负担会逐渐落到我的头上。先是房租，然后变成吃的穿的，结果突然间，你完全赖上我了。现在莎拉来到了我的生活中，我需要开始清理门户了。
卡扬	哦！所以现在是你要跟莎拉结婚了？
本	我不确定我和莎拉之间发生了什么，而且我可能不应该跟你讲，因为这跟你没关系，而且是要绝对保密的，不过她说她也没有那么喜欢泰德。
卡扬	她不会跟你这么说的。
本	原话不是这样的。但她说他太无聊了，只喜欢金钱这类俗事，她很高兴能再次和我取得联系。她还说自己还没怎么准备好结婚，而我给她展示了一个更放飞自我的选项。
卡扬	我不信。
本	我本来也不信。这也太酷了。她可真漂亮。她的整张脸看起来都非常独特，你说呢？

卡扬　　　我不相信你，本。

本　　　　那是因为你缺乏想象力。

卡扬　　　那我现在该怎么做呢？

本　　　　做那件这个世界三天两头一直在告诉你的事。它就是为什么你他妈的女朋友不愿意做出承诺。它就是为什么你在这个地方找不到工作。它就是为什么像我这样的人不会永远让你白吃白喝。所有一切都把你指向同一个方向，你却总是另寻他路。

卡扬　　　所以世界给我指出的是哪个方向？

本　　　　回家。

卡扬　　　（努力扼制自己的怒火）好。

本　　　　那又怎么了？你在这儿也搞不出什么。每天都有五十万人各回各家。

卡扬　　　（忍着怒意）本，我请你不要再说这件事了。

本　　　　没什么好羞耻的。这里竞争激烈，人人都想赚快钱，对你来说可能有点难辨方向——

卡扬　　　本，请你立刻闭嘴。

本　　　　等你回去以后，你会受到热烈欢迎，一切都会得到原谅。没什么好惭愧的——

卡扬　　别再跟我说让我回家了！也许我不想回家呢！

本　　　为什么呢？！

卡扬　　因为我喜欢这里！

本　　　那你可能应该把你上份工作找回来！

卡扬　　哪份工作？！

本　　　那个"雷"啊！叫什么"雷的原创名店"还是"超不可思议雷"来着——就那家比萨店！

卡扬　　本，我那时是个送比萨的！

本　　　那又怎么样？是个正经差事啊。

卡扬　　正经差事！？你也配说"正经差事"！

本　　　是啊，送比萨也没什么好羞愧的嘛。

卡扬　　我是知识分子！我是重要的思想者！

本　　　你才不是呢，老兄。你不过就是个来自某个微不足道的小国家、做过点儿微不足道的事的移民罢了。

卡扬　　本，我写了本书！

本　　　伙计，根本没人读过你写的书。

卡扬　　不对！只有你没读过我写的书。

本　　　我他妈读过你的书，伙计。烂透了。

卡扬　　　你根本没读过。

本　　　　我读了，我读了两遍呢。太难看了。

卡扬　　　你什么时候读的？

本　　　　你刚给我的时候。他妈的当天晚上。写得太差劲了。我可能是不懂经济学什么的，但你写的句子就是让人读着别扭。

卡扬　　　放屁。你根本没读。

本抓起那本书，飞快地翻开。

本　　　　"第一章：村庄里的械斗。"你跟踪了一场小村庄里的械斗——可真意外！——以及那个什么什么族的族人在团结起义过程中如何自我赋权。

本把书中的这部分撕下来，抛向空中。他翻开书的第二章，把这部分也撕了下来。

本　　　　"第二章：取得进展。"你用超他妈长的篇幅超他妈事无巨细地记述了部落成员如何被他妈的无聊

	政府逐渐收编。
卡扬	本，你够了！
本	（又撕下一部分）"第三章：池塘对面。"你他妈用了十页把尼泊尔比作初升的太阳——顺便一提，国家错了！
卡扬	本！
本	"第四章——"
卡扬	本！！！ 你他妈给我闭嘴！

本安静了一会儿。

本	我读了，我读了你这本破书。我跟你说我从来没读过，只是因为觉得比起告诉你我喜欢这本书，撒个谎更容易。

卡扬心烦意乱地注视着地板上撕烂的书页。本企图拥抱他。

本	班迪，过来。

卡扬怒气冲冲地走过本的身边,冲出门外。

灯光再次转暗,本在室内来回踱步,撞翻了为莎拉准备的花束和爆米花。房间里凌乱不堪。

第四场

本坐在沙发上吸烟,这时公寓的门禁响了。本走向应答器,按下按钮。

本　　　　谁啊?

瑞诗玛　　(隔着对讲机)嘿,是瑞诗玛。我是来见卡扬的,他在楼上吗?

本　　　　上来吧瑞瑞。

本按开门禁,然后信步回到沙发边。

瑞诗玛穿着手术服进来。她环顾乱成一团的房间。

瑞诗玛　　这里究竟发生了什么?

本　　　　我在拍一部恐怖片,拿我自己的房子当片场。

瑞诗玛　　好吧。卡扬在吗?

本　　　　不在,这里只有我了,亲爱的。

瑞诗玛　　他不接电话。

本　　　　(假装关心)哦不!

瑞诗玛　　他说了他在这里。

本　　　　那也不能说明他就在这儿啊,瑞诗玛! 不是因为他说了一件事,这件事就会奇迹般地发生。

瑞诗玛　　哇哦。冷静。

本　　　　你不能期望某件事发生,它他妈就会发生。我也期望卡扬在这里! 我还期望世界他妈的不要让我卷入一连串见鬼的不公平状况之中。

瑞诗玛　　我在他的房间等他,好吗?

本　　　　好呀。如果你看到台灯,抚摸它几下,也许卡扬就会冒出来了。

瑞诗玛　　本,你知道我从来就没喜欢过你吧。

本　　　　我知道。

瑞诗玛　　不,我是说我**从来**就没喜欢过你。自从认识你,我没有哪一个时刻、哪一秒钟喜欢你。我从来就没想过我会不恨你。

本　　　　你不应该用双重否定句,瑞诗玛。你又不是文盲。

她离场,前往卡扬的卧室。

本看着卡扬被撕碎的书,纸页散落了一地。

他开始整理这些纸,将它们铺在公寓地板上,就像梦中把报纸铺在教室的地板上那样。

本小心翼翼地躺在书页上,以防把纸弄皱。但他没有感到有什么不同,于是失望地起身。他让自己镇定下来,然后开始大叫:

本　　　　哎哟!哎哟!该死!哎哟!我受伤了。瑞诗玛!我受伤了!我的后背好疼!

瑞诗玛没有出来。本再次躺在纸上。

本　　　　瑞瑞!我真的受伤了,我就需要一点点帮助。请你出来帮帮我好吗?

房门慢慢打开了,瑞诗玛再次出现。

本	嘿,亲爱的,我刚才在整理这堆纸,想给卡扬一个惊喜,结果我的后背突然直不起来了!
瑞诗玛	别叫我"亲爱的"。
本	抱歉,我觉得我就是感觉有点虚弱。对不起。你说得对,这么叫不太体面。但我的后背真的很痛。
瑞诗玛	你想让我做什么呢?
本	你要是能俯身站在我这边……扶我走到沙发那儿,我就没事了。我只是需要在沙发上躺一会儿,然后就没事了。
瑞诗玛	你耍我呢吧?
本	我也想啊!卡扬对此清楚得很。我有一段腰椎有问题。
瑞诗玛	哪段?
本	嗨,我也不知道。这是不是更要命?
瑞诗玛	本,作为医生,我不确定你应该在这种状态下移

	动。而且，我的专业观点是，我觉得你在玩我，我只是想不出为什么。
本	不是，对不起，我知道这很尴尬，但你要是能站到我这儿，拉我起来，我就完全没事了。
瑞诗玛	我们能等卡扬回来再说吗？
本	不幸的是，不能。就一会儿工夫嘛。
瑞诗玛	太荒唐了。你真可悲。
本	我知道。
瑞诗玛	你站不起来也是有道理的。你就是个没骨气的傻瓜。
本	（发出一阵大度的笑声）你说的太对了。就好像我的身体在表现我的内心。
瑞诗玛	没错。可能你过两年就性无能了。
本	（再次发出笑声）没准已经是了呢！就站在我这里，我的脸这里，把你的手给我。只有这样才能拉我起来。我真抱歉。太傻了！
瑞诗玛	好吧。

瑞诗玛面朝本，站在他的腿那里，向他伸出手。

本　　　　你再往前站一点会更容易。到我的脸这里。

瑞诗玛叹了口气，走上前，站在了本的脸那里。

本　　　　请你转过身去。
瑞诗玛　　本，我真的没空跟你胡闹。

瑞诗玛转过身，以本满意的方式跨在他面部上方。她看向地板，第一次注意到卡扬的书。

瑞诗玛　　这是什么？
本　　　　什么是什么？
瑞诗玛　　这是卡扬的书。
本　　　　是吗？

本突然发力，一把抓住她的脚踝。

瑞诗玛　　啊！你他妈干什么？

本　　　别动！别动！

瑞诗玛　　本！你他妈放开我。

他紧紧地攥住她的脚踝。她摔倒了,头部落在他的两腿中间。

本　　　别喊了！别喊了！

突然间,门开了,卡扬进来。

卡扬　　你他妈干什么呢?

卡扬把瑞诗玛的脚踝猛地从本的手中拉出。本两眼放光。

本　　　嘿,班迪！

卡扬一拳打在本的脸上。

本　　　啊！！

卡扬　　你对她做了什么?他对你做了什么?

瑞诗玛　　你个该死的混蛋！你个自私自利的混蛋！

瑞诗玛作势要揍本，但被卡扬拉住了。

卡扬　　　瑞诗！放开他！

卡扬把瑞诗玛按坐在沙发上。

卡扬　　　你伤着了吗？
瑞诗玛　　你他妈的混蛋！！

瑞诗玛欲冲向本，但卡扬用力将她按回沙发上。

卡扬　　　嘿！你伤着了吗？
瑞诗玛　　没有。
卡扬　　　好。那坐下吧。

她听话了。本在地上扭动。

本　　　　噢……班迪……

卡扬　　你他妈有什么毛病?

本从身下捡起卡扬的书页。

本　　　　对不起,老兄。我没找到报纸。

卡扬　　我不过是去取了个钱。

卡扬掏出一个信封,将一沓一沓的钱扔给本。

卡扬　　四月!(一沓)五月!(又一沓)六月!(再一沓)七月!(最后一沓)八月!

本躺在一摊钞票里。

卡扬　　现在我付清了。你可以把这笔钱带给你爸。

本　　　　不了,我可能会留着吧。

卡扬　　那你这儿子当得可真不怎么样。

卡扬拉起瑞诗玛。

卡扬　　咱们走。

他带她离开了公寓。本茫然地躺在地板上。

灯光微微闪烁，暗示时间的流逝。

第五场

在上一场结束时的位置,本原地睡着了。

门开了,泰德进来,检查了一下灾难过后的现场和不省人事的本。

泰德　　本。嘿,哥们儿,你还好吗?

泰迪走到本的身边,捧起他的头。本昏昏沉沉地醒来,用一种独特的无辜口吻说:

本　　　泰迪。
泰德　　嘿,老兄。
本　　　我觉得我可能昏迷了一会儿。卡扬打了我。
泰德　　是,我知道。

本 今天几号?

泰德 还是同一天。

本 哦。

泰德 刚刚也就过去十分钟吧。他给我和莎拉打了电话,让我们来看看你。

本 他可真好。

泰德 是呀。莎拉在楼下,在车里等我。

本 哦。(停顿)你们有车?

泰德 我们开的我妈妈的车。

本 哦,真好。

泰德 是啊,我们把车停在了街角的停车场。

本 (温柔地)感觉是个不错的安排。

泰德 是不太坏。适合白天开出去短途旅行。

他们同时轻声笑了。

本 莎拉在市区开车不害怕吗?

泰德 不啊,她很厉害的。特别猛。

本 嗯。我还以为她会害怕呢。

莎拉走进了公寓。

本　　　嘿,莎拉。我昏迷了一会儿。卡扬打了我。

莎拉　　我知道。

本　　　我应该没事。感觉没得脑震荡什么的。

莎拉　　本,我来是想告诉你点儿事。但在讲之前,我想让你知道,我觉得你可能不配听到这些我要对你说的话。

本　　　好的。

莎拉　　好。之前,你问我还记不记得你在学校做过什么有意思的事。我想起来一件事。我想把它告诉你。

本　　　好的。

莎拉　　尽管我不知道你配不配听我讲这个,但我觉得如果你听到了,世界会变得更好。

本　　　好的。

莎拉　　你还记不记得茵加·卢申科是什么时候搬到普林斯顿交叉点[①]的?

[①] 普林斯顿交叉点(Princeton Junction),美国新泽西州的一片区域。

本　　　　不太记得了。

莎拉　　　你记得。泰德，你记得茵加·卢申科吧？

泰德　　　有点印象。不过我觉得我跟她不熟。

莎拉　　　我们一起上过体育课。

泰德　　　体育课上我们也不怎么跟别人聊天。

莎拉　　　你记得她是谁。她来自乌克兰，后来不知哪个混球开始散播谣言，说她被切尔诺贝利感染了什么的，说她会因为辐射污染长出三只胳膊。本，这你记得吗？

本　　　　我不知道。

泰德　　　对了！大家都觉得她散发着什么传染性很强的致命辐射。我觉得是假的吧。

莎拉　　　当然是假的了，你个傻瓜。

泰德　　　她确实长得有点奇怪。

莎拉　　　她跟所有十岁小孩一样，门牙间有条缝罢了。总而言之，谁都不愿接近她。过了几个月，所有人都疏远了茵加·卢申科，都以为会被她感染"切尔诺贝利综合征"。本，直到你做了件疯狂的事。

本　　　　我有所预感，我不会为你接下来要说的事情感到骄傲。

莎拉　　你应该感到骄傲。课间活动时，有几个女孩子在欺负她，假装把她隔离在操场的攀爬架下。结果你把衣服一脱——你那时肯定也就十岁——

本　　　我十一岁。

莎拉　　十一岁。所以你的确记得。你脱得只剩一条白色小内裤，跑到茵加面前，把她扑倒，然后开始蹭她。

泰德　　对了！我确实记得这事儿！太搞笑了。

莎拉　　但有才的地方在于，你看似在欺负她，看似在像其他人一样折磨她。但其实不是，对吗？

本　　　我不知道。

莎拉　　你在救她。

本　　　我因此被禁止参加课间活动，连续六个星期。

莎拉　　但在你做了那件事之后，有什么东西变了。你没有被辐射感染，突然之间她变得不再吓人。突然之间，她成了正常人，却没有人想得通是为什么。

泰德　　真是神机妙算啊。

莎拉　　我还记得他们把你从她身上拉开，把你领回学校的时候，她就躺在操场的地上。我以为她要放声大哭了。但她却躺在地上，独自微笑了起来。我觉得我以前从来没见茵加笑过。然后我就知道了你为她做了什么。我只有十岁，但我觉得，人生第一次，我学到了什么叫作牺牲。

本哽咽了。他用手严严实实地捂住了自己的脸。

莎拉　　我在工作中遇到的都是这座城市里最坚强的一群孩子，每天都能目睹一些看起来无足轻重的英雄主义行为。但这些行为不是无足轻重的。因为对十岁的孩子来说，这样的事使你铭记终生。我敢肯定，茵加·卢申科可能每天都会想起你，本，可能通过某种她自己都意识不到的方式。但无论什么时候，她要是觉得世界糟糕透了，人们也邪恶又冷漠，她的脑海中就会浮现当年那个疯狂的孩子，在操场上脱个精光，把她扑倒，让所有人知道和她接触是安全的。你还记得吗，本？

本不发一语。

泰德　　本?

他一动不动。

莎拉　　对我而言,这是一段美好的回忆。
泰德　　嘿,本。你还记得吗?

本慢慢放下双手,抬起眼睛。

灯光暗。